北国之森

北国之森 2

南风不至

顾苏
著

百花洲文艺出版社
BAIHUAZHOU LITERATURE AND ART PRESS

图书在版编目（CIP）数据

北国之森. 2, 南风不至 / 顾苏著. — 南昌 : 百花洲文艺出版社, 2017.9

ISBN 978-7-5500-2425-0

Ⅰ. ①北… Ⅱ. ①顾… Ⅲ. ①长篇小说－中国－当代
Ⅳ. ①I247.5

中国版本图书馆CIP数据核字(2017)第214642号

出 版 者　百花洲文艺出版社
社　　址　江西省南昌市红谷滩世贸路898号博能中心A座20楼　邮编：330038
电　　话　0791-86895108（发行热线）　0791-86894790（编辑热线）
网　　址　http://www.bhzwy.com
E-mail　bhzwy0791@163.com

书　　名　北国之森 2　南风不至
作　　者　顾　苏
出 版 人　姚雪雪
责任编辑　李梦琦　李　瑶
特约编辑　廖晓霞
封面设计　刘　艳
内页设计　米　籽
经　　销　全国新华书店
印　　刷　长沙鸿发印务实业有限公司
开　　本　880mm×1230mm　1/32
印　　张　8.5
字　　数　202千字
版　　次　2017年11月第1版
印　　次　2017年11月第1次印刷
书　　号　ISBN 978-7-5500-2425-0
定　　价　29.80元

赣版权登字：05-2017-373

目 录

Contents

目　录

Contents

楔子

苏零走后，苏琦做了一个很长很长的梦。

长到她很久都不愿意从梦中醒来。

梦里，苏零骑着他那辆高低摩托车，戴着黑色皮手套，依旧是那副放荡不羁、冷酷得不可一世的样子。

她曾经为了他去打架，背弃自己的朋友，她那么努力地保全他，只因为在这个世界上，总有那么一个人，是她拼尽了全力想去保护的。

尽管在冷风中，他头也不回地说："姐，就算我死在外头，你也别管我。"

第一章

我答应你迷雾散尽以后，
我就启程

[1]

夏日的午后，正朗律师事务所的大门紧紧闭着，苏琦趴在前台的桌子上，空调有气无力地吹拂着，有呼啦呼啦的风轻拂着她额间的碎发。

苏琦睡得并不好，眉头紧锁，总觉得有人在她耳边哭泣呐喊，真实得让人心悸。

“苏琦！跑，快跑！”

仿佛是在人声鼎沸的机场里，盛夏奋力地推开身边几个黑衣男人，歇斯底里地哭喊着。

可惜苏琦在前面跑了没几米远，就被那些人给制伏了，并且想把她往机场外面拖。

盛夏跌跌撞撞追过来，死死抱着她拽着她，却一次又一次被人拉开。

她冷眼看向盛夏，用几乎没有温度的声音问：“我只告诉了你一个人，是不是你告发我的？”

她看见盛夏咬着牙红着眼，颤抖着双手被人从她的身上拽开来。她看见自己像条死狗一样被人拖走后，盛夏伏在地上哭，逐渐缩小成一个不可见的光点。

苏琦皱着眉，换了一个方向枕着胳膊接着睡，却又跌入另一个阴森冰冷的梦境里。

江逸西装革履，穿得就像个衣冠禽兽似的，拿着小刀在她面前踱步，又慢吞吞地比画。苏琦知道，他一向是个斯文败类，是商场上一匹杀人不见血的狼。在对待不听话的人和事上更是锱铢必较，誓不罢休。

那把小刀在江逸细长的手指间游走，又贴着她的脸摩挲。

刀片异常冰冷地贴在她右边的脸颊上。

江逸戴着那副金丝眼镜，儒雅得像个绅士一样，扯出一丝笑容问她："来猜猜看，背叛我的女人，会是什么样的下场？"

苏琦咬牙不语，她曾经见过江逸是怎么整过背叛他的人的，那人的后果她连想都不敢去想。她想后退，但双脚死死定在那里，就是不动。

江逸又笑："欺骗我的人，又是什么下场？"

苏琦仍旧是那副倔强样子，仰着脸闭眼说："伸头一刀，缩头也一刀，要杀就快，千万别手软，否则我会看不起你的。"

江逸从来不是一个迟疑的人，听完后虽然默默地在心里赞叹眼前这个女人的狠劲，却也手起刀落，连眼睛都不眨一下。

有刀片划过皮肤，溅起点点猩红。

一阵寒意闪过，苏琦打了一个寒战，彻彻底底地醒了。

她下意识地看向手机，现在只是下午两点十五分，离下午上班还有十五分钟的休息时间。

苏琦浑身都裹了一层薄汗，连额头上都是细密的汗珠。她起身想去洗手间洗把脸，刚把厕所隔间的门关上，外头又响起了噔噔噔的高跟鞋声。

一股浓郁的香水味扑面而来，苏琦忍不住捂住了口鼻，可外面两个女孩子的对话还是一字不落地钻进了她的耳朵里。

有把绵软的女音在外头娇嗔："你说那个新来的前台，怎么拽得二五八万一样？好像谁欠了她钱似的,整天笑都不笑一个,那脸臭得……啧啧。"

另外一个人嗤笑着说："你也不看看她身边整天围着的那群狂蜂浪蝶，哦不，是那群眼里闪着精光的狼，有事没事都去前台转悠一下，都想着怎么把她剥皮拆骨，吃入腹中呢。"

"我看她不是还挺有背景的嘛，还是章律师特招进来的，我看八成是……"

后面的那句话拉长了音，两个人估摸是对视了一眼，又捂着嘴心照不宣地笑了。

绵软声音的那个人继而愤愤不平地说："外面排队想进我们律所实习的，就算是做前台的名校生都多了去了。可她呢？别说大学本科都没有，连高中还是肄业的，也不知道章律师看上她什么了，居然把这种人给招进来了。枉费我还一直暗恋章律师呢，没想到他居然是这种人，被个狐狸精迷得什么都不顾了。"

"也亏得她手段好吧？"

"我倒是听说，她原来好像在某间酒吧做过陪酒女，还是一个女混混，屁股后头一堆人琦姐、琦姐地喊着，还混得风生水起呢，都不知道在外面得罪了多少人。"

"难怪了，长得倒是一副狐媚的样子，可惜啊，脸毁了，再怎么蹦跶也没用……"

话音未落，最末间的女厕所的门突然被人猛烈地撞开了。

苏琦一脚踩在门背上，双手抱臂，盯着外面那两个女的，不紧不慢地说："以后想说我什么坏话，不用隔着门板，可以直接告诉我。"

这一下倒是真把洗手间里搬弄是非的两个律师助理给唬到了，脸上一下白一下红的，煞是精彩。

她们是怎么也想不到，光天化日的，居然说什么来什么，还碰到了这尊瘟神，真是倒霉透顶!

寂静又凝固的空气里，两人中的一个支支吾吾说不清楚，另一个律师助理梗着脖子，在苏琦杀人的目光中异常艰难地辩解："我……我们又没指名道姓，你怎么知道我们是在说你？难不成你自己还想承认……"

兴许是觉得自己说得有几分道理，那名留着褐色长发的律师助理抓住了这个点，死命地发挥，仿佛这样就可以把眼前这个女人踩在脚底下似的。可就在她十分兴奋地辩解时，衣领却一不留神地被疾走过来的苏琦给扯了起来。

"你……你想干什么？放开我！"

那个像小鸡崽一样被苏琦拎起来的褐发助理声音高了八度，而另一个呆愣着，像是吓傻了，睁大了眼睛连话都说不出来。

苏琦板着脸，一言不发地拉着褐发助理来到了洗手盆前，一只手压着她的头，又腾出另一只手扭开水龙头的开关。

水哗啦啦地流淌出来。

水温很凉。

苏琦毫不留情地把那个褐发助理的整个头顶压在了水龙头下，任凭水流哗啦啦地冲过了她的衣领，漫到了她的颈间。

"你干什么？啊啊啊！"

厉声的尖叫声中，褐发助理疯了一样地用脚踢着苏琦，苏琦却像是脚下长了根似的，任她踢踹，挡也不挡一下，反而更紧地钳制住她。

“水溅到了我的眼睛！曼妮你在干什么，还不快来帮我！”

褐发助理觉得挣脱无望，又去找帮手。另一个律师助理曼妮这才回过神来，七手八脚地拉着苏琦，想把她从洗手盆前拉开。

苏琦眼睛都没抬，只冷冷地瞥了曼妮一眼：“你碰我一下试试？我让你也尝尝这滋味。”

曼妮竟然真的信了苏琦的话，战战兢兢地站在原地，只怯生生地说：“苏琦，你这样也太过分了，我们又没把你怎么样？你……你快放开她吧！”

那名褐发助理已经说不出话来了，她的脸上和衣领上全溅到了水，又呛了几口水，连挣扎的力气都小了很多，伏在洗手盆前面委屈地嘤嘤嘤地哭了起来：“呜……你太过……分了……”

苏琦只用一只手制住了褐发助理，又用眼冷冷地扫过她们两个人，脸上满是不屑的神情。

“你们两个刚刚只有一句话说对了，我是个在外面混的人，也不知道得罪了多少人了。当然，也不在乎多得罪几个。”

说完，她松开了制住褐发助理的手，对方身上甜腻的香水味和一层厚厚的粉底触感让她觉得腻味。她像是躲瘟疫一样扯了几张纸巾，拭干净手上的水珠。

不过半分钟时间，那褐发助理已经哭成了泪人，脸上妆也花了，头发也全湿了乱了，衣服领口更是凌乱一片。她再转过头看看镜子里自己的样子，哭得停都停不下来，伸手指着苏琦，上气不接下气地用发抖的声音说：“苏琦！你给我站住，我要去告诉主任，我要去找章律师，我要让他们给我做主！”

曼妮也拉着褐发助理的手，附和着："对，我们去找主任，把她给赶出正朗！"

苏琦走出洗手间的脚步顿了顿，勾了勾唇笑了下，只鄙夷地丢下了一句话就开门走掉了。

她说的是："出了事只会找人告状，我在外面混的时候，你们怕是还在家里没断奶。"

门被推开，关上。

门里的褐发助理哭得更凶猛了。

她根本就没弄明白，自己堂堂的律师助理，怎么就莫名其妙地被一个前台弄成了这副狼狈不堪的样子？

[2]

午休后，那个叫郑丽娜的褐发助理果然不辜负苏琦的评价，在刘主任的办公室里又哭又闹地逗留了大半个小时，红着眼睛走出来的时候，还特意到苏琦面前耀武扬威了一番。

郑丽娜把7cm的高跟鞋踩得咔咔响，活像要把苏琦踩在脚底下发泄似的。那神态动作活生生像是在说：不把你赶出去，我郑丽娜以后就不姓郑了！

世上没有不透风的墙，没一会儿这件事已经闹得整个正朗律师事务所的人都知道了。平时围在苏琦身边的男性生物全没了，女同事一个个像躲什么似的和她隔了一大段距离说话，仿佛和她说话就会被传染了似的。

苏琦倒觉得这样真是好，耳根清净不少。

谁知她刚把手里的《刑事诉讼法简析》翻过两页，章律师就从办公室里走了出来，在她桌子上叩了两下："苏琦，麻烦你进来一下。"

苏琦放下书，跟着章律师走了进去，脸上淡淡的看不出什么神情。但是看在别的同事眼里，倒像是个视死如归的勇士一样。

章律师的办公室门关上以后，一堆人在后面观望着，又七嘴八舌地谈论着：

"你看她这次进去，是不是凶多吉少了？"

"行了，你还舍不得你女神了？"

"唉，我这不是可惜我们律所好不容易来个模样周正的……"

"我说你是这辈子没见过美女吗？就她一个高中还没毕业的，你们也跟苍蝇似的围上去？"

郑丽娜环抱双手，一副看好戏的姿态，喝了一口咖啡说："曼妮这句话说对了，苍蝇不就喜欢围着那什么转吗？"

那男同事受不了了，耸耸肩说："随便说说就行了。人家就是脸上再多两个疤，也比你们一脸的玻尿酸强啊！我说你们这群女的，醋味也太重了不是？酸，也太酸了！"

[3]

门外的人吵得热火朝天，门里倒是挺安静的。章律师的办公室很空阔，休息区里摆着一张大按摩椅，落地玻璃望出去景色怡人。

办公室的两面墙上都摆着厚重漆黑的大书柜，里头是涵盖了各个方面的法律书籍，还有一些是全英文的，苏琦翻开看也看不懂的那种，字全像蚯蚓一样蜷缩着，密密麻麻的，看得她头皮发麻。

苏琦从不觉得自己是读书的料，要不是因为苏零的事，她这辈子都不想和法律扯上什么关系。

章律师走到一面书柜前，抽出来两本书，放在桌子上，又抽出了一沓文件说："上回给你的书看完了吗？这两本也很适合刚入门阅读。还有这是我手头的几个同类型案子，你有空也整理一下，有助于了解和加深记忆的。"

苏琦捏着那两本书和一大沓资料，默然无语地翻了翻，过了好一会儿才说："之前那本我还没看完，太深奥了。"

章律师这才从繁重的卷宗里抬起头来，看着一本正经的苏琦，眉眼舒展开，忽而笑了。

"不懂你也可以问我啊。"

问？苏琦在心里翻了个白眼，问了也是白问，她压根儿就不是读书的料。

苏琦又百无聊赖地翻了几页，实在头皮发麻看不下去，又不知道从哪里开口好，索性站起来说："没什么事我先出去了。"

"等会儿。"

苏琦回过头，才听见章律师在问她："我这周都还有哪些预约？"

苏琦一时头脑空白，没想起来。她抓抓头发，口干舌燥地说："我没想起来，等会儿看了备忘才能告诉你。"

"嗯，好的。"章律师双手横握，放在桌上，"没什么事的话你可以出去了。"

苏琦走了几步，刚想扭开门把手，又踱步回来。

其实她一直就是个心直口快，有什么说什么，心里藏不住事的人。

她从未改变过。

苏琦说："章律师，如果你觉得我留在这儿压力太大，其实我可以走的。"

“你怎么会这么想，就因为郑丽娜的事？”

苏琦没开口，但也算是默认。她就知道章律师是知道这件事的，但他就是不说，等她开口。章律师的胸有成竹和不紧不慢，和她的急躁简直形成了强烈的对比。

苏琦有点儿自惭形秽了。如果想弄清楚苏零的事情，她这样怎么行？

章律师可没参透苏琦的心理活动，他放下手里的钢笔，把身体靠在椅背上，怀抱双臂，用审视的目光一寸一寸地掠过她脸上的伤疤。

她本可以听从他的建议，把这伤疤遮掩掉，但她没有，每天顶着这疤痕上班，我行我素。她是一个太自我张狂的人，从他认识她的时候就是。

章暮飞轻轻地吐出一句：“苏琦，你原来可不是一个在乎别人眼光的人。”

苏琦听完居然有点儿想笑：“我不想拖累你。”

她打从心眼里觉得章暮飞是个好人，她不能害了他。

“如果你想说郑丽娜的事情的话，那么我可以告诉你，她已经被正朗正式解雇了，但她的事情和你无关。第一，一个人如果不能控制住自己的言行，嘴碎又胡乱猜忌别人，那么她也当不了一个好律师；第二，我们律所也不需要这样的人。”

章律师不愧是个名律师，分析起事情来头头是道，寥寥几句就已经把苏琦给说服了。

但她还是坚持：“我教训了她，我觉得我也应该走。”

章暮飞哑然失笑：“就这么着急摆脱我们律所？你不想弄清楚你弟弟的事情了？”

苏琦有点儿脾气了：“章律师，你这是激将法。”

“你已经想放弃了，不是吗？”

苏琦抽了抽嘴角，目光却是少有的严肃认真。

她说："我在律所也好、给人卖衣服也好、洗盘子也好、在外面露宿街头也好，无论我在哪个地方，在做什么，我都一定会把苏零的事情给查清楚的。在这件事上，我永远都不会放弃。"

[4]

偶遇苏琦，那是好几个月前的事情了，连章暮飞自己都感到有点儿意外。

那天他办的案子遭遇了一个瓶颈，外面又正巧下着大雨，他坐在车里不想出去，正放空了心思想案情，车门突然就被人打开了。

外面下着瓢泼大雨，钻进他车里的人自然也是全身湿透，章暮飞没来得及开口，后面那个瑟缩成一团的女人已经冷冷道："开车。"

章暮飞有点儿郁闷，但还是压低了声音说："你上错车了吧，我这不是滴滴。"

后座的女人仍旧坚持："开车。"

"你……"

章暮飞本来就有点儿烦躁，这下更是恼火，扯了领带回过头去想理论一番，没想到就这么对视了一眼，电光石火间，两个人内心都生出不小的震动。

章暮飞记性很好，可没忘记眼前的这个女人，她曾经在他的庭上指证过他的当事人谢依云，间接导致他那场官司落败。

同一时间，苏琦的惊讶也不比章暮飞少，她对眼前的这个律师印象深刻，他办过苏零的案子，是苏零女朋友的代理律师。

有一刹那的失魂，苏琦想也不想就想打开门冲出去。

可门已经被章暮飞眼疾手快地在里面锁上了。

在认出苏琦的同时，他的眼神也掠过她脸上的伤。

那是一处刚添的伤口，即便她擦拭过血迹，仍旧有血液在潺潺地流出。伤口不大，但挺深的，看起来十分可怖。

她是摔伤哪儿了，还是刮到了利器？敏感的章暮飞甚至想到了飞车抢夺、故意伤害这档子事，可是又有谁会故意在一个年轻女孩子脸上划出这样的伤疤来？

面对章暮飞探寻的目光，苏琦不想说话，章暮飞从车子前面的纸盒子里抽出了纸巾递给她。

"你流血了，擦一下吧。"

苏琦没伸手，她对章暮飞有防备。

其实作为一名资深律师，章暮飞并不是一个多话多事的人，但既然面前的这个女孩子是他所认识的，那么他也不介意多嘴问一句了。

他把车子停在路边，打了双闪灯，侧过身子问："你刚刚是遇到什么事了？有人抢劫？"

苏琦并没有理会他。

章暮飞紧锁眉头："需要我帮你报警吗？"

像是条件反射一样，苏琦反应激烈地说："不用了。"

章暮飞有点儿明白了，又有点儿不明白，他不知道眼前的这个女人是怎么了，但他还是按捺着那股子好奇心："我带你去医院包扎一下吧，你这样子会留疤的。"

苏琦闷声哼哼了一句，虽然声音小，但章暮飞听见了。

她说的是："留疤了更好。"

眼前这女的比他所想象得更有血性，也更倔强。也不知道怎么的，章暮飞突然开口问：“是因为你弟弟的事情吗？”

苏琦转过头看向车外的雨帘。她一直很静默。

可章暮飞一向是知道怎么攻击别人心理弱点的，更知道怎么让一个沉默的人开口。

不知道是因为想撬开这个女人的嘴，还是出于想安慰她的心思，他又陡然说：“就算你这样折磨自己，你弟弟……他也回不来了。”

苏琦睨他一眼：“你闭嘴。”

章暮飞脸上淡淡的没表情，但心里却笑了。不知道为什么，他突然对这个女人产生了浓厚的兴趣。

“其实谢依云那个案子，我办得挺郁闷的。但你弟弟的案子，是真邪，后面肯定还有一堆事情没理清楚，你不想知道真相吗？”

苏琦眼神锐利地看着他：“你知道些什么？”

章暮飞双眼灼热，表面却沉稳而平静得像一泓表面无波的湖水。

他坦诚道：“我要是真知道点什么，谢依云还会被关进去？但我猜测，苏零的案子没有表面上看的那么简单，你信不信他背后肯定还有人，在操纵着这一切？”

听完章暮飞的话，苏琦忽然感觉到一股莫名的烦躁感。她伸手问道：“有烟吗？”

“抱歉，我不抽烟的。”

雨渐渐地小了，苏琦去附近的 7-11 便利店买了一包薄荷烟。走出来的时候看见章暮飞的车子还停在前面。

苏琦叼着烟走过去，敲了敲车窗。

“喂，那个……律师，你能帮我吗？”

“我不叫那个律师，我叫章暮飞。”

苏琦搞不明白自己为什么要问他这种问题，她“哦”了一声，转身想走。

章暮飞叫住了她。

破天荒地，面对这个连高中都肄业的女人，他问：“想来我们律所工作吗，现在缺一个前台。”

苏琦挑眉：“去你们律所工作，有什么用？”

章暮飞看向远方，天上还下着淅淅沥沥的小雨，四周都是雾茫茫的一片。但他相信，肯定会有拨开云雾的那天的。

面对眼前这个固执多疑的女人，他笃定地说：“至少你能够离真相……更近一点儿。”

[5]

正朗律师事务所从来不留没有用途的人，郑丽娜很快被解雇了。抱着纸箱子愤恨走出律所大门的时候，她那目光怨恨得都能把苏琦给千刀万剐了。

郑丽娜走后，流言没有止息，但苏琦却依然是那副我行我素的样子，还更乐得清净。

经过一段时间的法律环境熏陶之后，她似乎有点儿静得下心看书了。

过几天就是三伏天，天气越发热了。苏琦坐在前台都可以感受到门外滚滚而来的热气，于是那阵子她对律所大门格外关注，时不时就要观望一下。

那天她烦闷得要命，刚从书里抬起头，就看见外头有一个穿着校服的学生在门外探头探脑，徘徊不定。

苏琦只以为是哪个好奇的学生在律所门外观摩，也就没多去搭理，可过一会儿再看，那个背着双肩包的学生还在外头。

苏琦走了过去："有什么事吗？"

那人心虚地大退一步，怯弱地摇摇头："没、没有……"

苏琦不屑地说："你在这里待了一个下午了，说没事情，谁信？"

男学生脸涨红了一片，头耷拉得更低了，我我我了半天什么也说不出来。

苏琦看他满头满脸的汗珠，推开门说："进来。"

苏琦的话仿佛有不容置疑的魔力，那个男学生真的乖乖跟着她进去了。苏琦倒了一杯水递给他，他也默然接过来喝了，喝完后就在一旁看着墙上的律所简介、律师简介什么的。

苏琦也不理会他，兀自拿起放在桌子上的书看了起来，那个男学生走过去看了一眼，觍着脸问："姐，你也是律师吗？"

他喊"姐"的那刻，苏琦有一瞬间的怔忪，很快回过神来，摇了摇头。

"不是。"

那个男学生捏紧了手里的纸杯，也许是太过紧张，手指还微微发抖："姐，可你不也是在这儿工作的吗？我可以直接问你一些法律问题吗？"

"我不是律师，不能给你解答。"

"我就问几个问题，也不行吗？"

"你找一下章律师吧，他挺专业的。"苏琦摊开记录本，"你先登记一下。"

男学生低头写了一会儿，又问："章律师收费贵吗？"

苏琦指了指墙上挂着的牌子："收费标准，看到了吧？"

男学生扭头看了"法律咨询按分钟收费，视案件情况每分钟200—

3000块钱不等”的部分，扔了笔，犹豫地说：“也太贵了，我还是不问了吧……”

苏琦看着他那欲言又止的样子，突然想起了章暮飞说有不懂的可以问问他，没来由地就说：“那你说吧，我有空的时候帮你问问他。”

谁知道那男学生想了老半天，突然把记录本上写的字画掉，扭过头说：“算了，我还是不想问了……”

“不收钱。”

“啊？”那个男学生还没反应过来。苏琦又重复了一遍：“我帮你问的，不收你钱。”

苏琦把记录本拿过来，看了一下上面的姓名一栏，写着：梁小东，职业：一中在校生，高二。

“你说吧，我记。”

“我……就是……”男学生吸气，又呼气，想了好久，才说，“学校里有人欺负我。”

“怎么欺负的你？”

苏琦问出这句话之后，梁小东久久地沉默。一想起那些事情，他就浑身发冷发抖。

“姐，算了吧，我不想再去回想了……”

梁小东想也没想就拎着书包夺门而出。

苏琦刚想追上去，章暮飞办公室里的当事人刚好走了出来。苏琦低头在记录本上登记了一下时间，梁小东早就跑得没影了。

没多久，章暮飞也走了出来，手上还搭着件西装外套：“刚才外面是不是有当事人来，找我的？”

“是有个男学生，可他又不想咨询了就走了。”苏琦淡淡地说。

章暮飞抿了一口咖啡："有说咨询什么事吗？"

苏琦努力地回想了一下，总结："被同学欺负。"

"校园暴力？"

苏琦点了点头。

"有没有受伤？"

"看不出来。"

章暮飞若有所思地说："最近这种事件层出不穷，不仅有频发态势，还有隐秘性高、破坏性强、年龄段小的特点，市里法律援助机构和律师协会都挺重视的，还想找几个典型的案例去几所中学宣讲，你有记下他的联系方式吗？"

章暮飞挂着律师协会理事长和几所学校法律顾问的头衔，经常到各地讲课，苏琦突然有点儿后悔向章暮飞说梁小东的事了。她捏着记录本没松手："你想拿他当典型案例？"

章暮飞看出苏琦的意思了，揉了揉太阳穴说："这样的案例报案的少，当事人经常选择息事宁人或者以学校处罚、家长教育为主，我总得找出一个学生，以他为切入口，研究一下这种案件。我是想帮他，不是要树什么典型，你还信不过我吗？"

章暮飞一口气说了这么多，总算打消了苏琦的疑虑。

"他只留了学校、姓名和电话号码。"苏琦说。

"你赶紧联系他，我想见见他。"

[6]

第二天，章暮飞的办公室里，除了梁小东断断续续说话的声音，就只有苏琦用笔记录的沙沙声。

“他们没事就打我，用拳头打、抓我的头去撞墙，还有用课桌椅打，在男厕所里也打，心情不好就拿我出气，还有一次，他们还强迫我……逼我喝……”梁小东竭力控制情绪，眼眶却红了，手指甚至捏住了衣服下摆，声若蚊蚋地吐出了几个字。

苏琦有点儿没听清楚：“逼你喝什么？”

等到她确信对方说出来的是那个字眼时，才抬起眼，难以置信地看着面前这个瘦削的戴眼镜的男学生。章暮飞显然也震怒了，但他定力极好，只是神色稍微滞了滞，并没有额外地表现出什么。

可血气方刚的苏琦已经捏紧了手里的圆珠笔，咬牙切齿地说：“他们也太欺负人了！都有谁？”

“李成、蔡思明、汪德金……”梁小东深深地低下头，把脸埋在掌心里，“但他们都听王嘉树的，是王嘉树叫他们打的。”

“王嘉树又是谁？”

“是我们隔壁班的，他在我们学校很威风的，想打谁就打谁，平时没有人敢惹他。要是谁不听他的话了，就会被他和他的小弟欺负得很惨。”

苏琦一拍桌子，刚想破口大骂，就被章暮飞给按住了，他开口问：“这种事情，老师和校长都不管吗？”

“王嘉树家里很有钱，他爸给学校捐了一幢教学楼，老师和校长都对他睁一只眼闭一只眼，不敢管他的事情。”

“这个混账！”苏琦撸起袖子说，“我就不信没人能治住他！”

看着很想打架的苏琦，章暮飞出声制止了她：“以暴制暴永远不是解决问题的方法。苏琦，你要是这么想，那么和欺负梁小东的人没区别。”

苏琦撇撇嘴，没多说什么。

“章律师，这样的事情在法律上可以给他们定罪吗？”

“可以是可以，但是有一点。”章暮飞看向梁小东，“你得亲自站出来指证他们，你敢吗？”

梁小东垂下了眉眼，迟疑道：“我……我不太敢……”

“怕什么啊？有什么好怕的？”苏琦愤愤不平地说。

“你们根本就不知道，王嘉树他们那一伙儿有多么可怕，要是惹火了他们，一定会遭到他们的报复……就算王嘉树被关起来，他家里的人和他的小弟也不会放过我的……”

“梁小东，你怎么就这么㞞啊？我和章律师，我们都会帮你的。”

章暮飞也说：“是啊小东，你这是拿起法律武器捍卫你的权利。”

苏琦和章暮飞劝了老半天，可梁小东就是不松口，说到最后，眼眶也红了，抖着肩膀背对着他们偷偷地哭。

“我实在是太害怕被他们报复了……对不起，章律师、琦姐，我还是回去吧。”梁小东十分无奈地走了。

章暮飞拍拍他的肩膀：“你也先别拒绝，回去再好好想想……”

梁小东走后，苏琦把笔一扔，嗤了一声：“被欺负了还不敢声张，这都是什么事儿啊！”

不止苏琦，章暮飞也郁闷坏了。他对着梁小东离去的方向，若有所思地说：“这事我估计还没完。”

北国之森 2

第二章

远方的山影吞没了你，
把我的双眸遮掩

[1]

结果还真被章暮飞给说中了。

几天后，就在苏琦约了朋友吃饭，偶然路过一中的时候，刚好看见梁小东背着书包从大门走出来，又被一群人勾肩搭背地拥着拐进了一条小巷。

鬼使神差地，苏琦下了的士，跟着走了进去。

那是一条潮湿逼仄的小巷子，里面黑乎乎的，沉闷的空气中，只能隐约听见肉体被撞击的声音。

“小子，我就问你，今天那眼神是什么意思？你是看我们树哥不顺眼是吗？”

有拳头击打在身体上的声音。

“不吭声是什么意思？你再看，再看试试，信不信我把你眼珠子给挖出来！”

又似乎有什么重重击打在了梁小东的身上，他再也扛不住，瘫在了地上，一只手撑在地上，另一只手抵着墙，才勉强不让自己倒下去。

下一秒，梁小东的头发被人抓了起来，迫使他仰起脸来看着头顶上的人。王嘉树的脸映在了他的瞳孔里，他的眼仁因为恐惧而急速收缩着。

王嘉树伸手扇在了梁小东脸上，扯着嘴角说：“来让我看看，哎哟，眼珠子瞪这么大，是对我有意见？嗯？”

另一个小弟也跟着踹了梁小东一脚：“还看，我们树哥是你可以看的吗？”

王嘉树揪着梁小东的头发，迅速地把他往墙边一甩：“去，先在地上学几声狗叫给我听听。”

在恐怖的静默之后，梁小东伏低了身体，压低声音：“……汪。”

“在说什么呢，我们树哥听不见！”

“再叫！”

“汪汪汪！”

一群人哄堂大笑。

王嘉树又来了玩性，往自己脚底吐了一口痰，指着那口痰对梁小东说：“过来，舔干净。”

昏黄的路灯下，苏琦走过去的时候，看到的恰好就是这么屈辱的一幕。她的血液几乎都倒流到了头顶，走过去几脚踢翻了旁边两个人，把梁小东的衣领提起来，扬声说：“你们这是在做什么？”

苏琦踢的这几脚很有劲，说话杀气十足，脸上还带着疤，几个小弟被她唬得一愣一愣的，回过神来后才装腔作势地问：“你是谁？”

梁小东躲在苏琦身后，硬是拉着她的衣袖，可怜巴巴地说：“琦姐，你快走，不要管我……”

苏琦迎面和这群人的视线对上，中气十足地说：“我告诉你们，我是梁小东他姐，以后梁小东要是掉一根汗毛，我不会放过你们这群人；要是他蹭破了一层皮，我就扒了你们的皮；要是他掉了一根头发，我就剃光你们的头发，懂了吗？”

苏琦的这句话，是赤裸裸的挑衅，显然把对方给惹火了。

他们闹哄哄地说：“你是什么人，来这里放狠话？也不打听一下我们树哥是谁！”

“梁小东，行啊你，还把你姐给叫来了，你这么㞞，怎么不把你七大姑八大姨也叫来，把你妈你姥姥也叫过来？”王嘉树嗤之以鼻地说，“梁小东，别以为我不敢打女人，真惹火了我，我连你妈都打！”

王嘉树使了个眼风，其余的人一拥而上，把苏琦和梁小东给围起来。

而让梁小东意想不到的是，就在那群人刚刚要动手的时候，巷子口居然传来了响亮的警笛声。

“树哥，不好，这女的报警了！”

“我们走！”

那群人顿时慌了阵脚，很快从另外一边巷子口跑了，临走时还扬言：“梁小东，你有种，我们走着瞧！”

眼看一群乌合之众呼啦一下跑开了，苏琦扶起梁小东：“起来吧，他们走掉了。”

梁小东全身抖得和筛糠一样，脸上尽是惊恐的神色，过了好一会儿，才颤着声音问：“琦姐，你、你……报警了？”

苏琦耸耸肩，很不以为然地说：“那只是我的手机铃声而已。”

在进来巷子口的时候，她就已经有意地把手机放在巷口，并且调试了闹铃声音。

几分钟后，在学校门口的奶茶店，苏琦叼着吸管，一副大姐大的样子：“以后放学和上学时间，我会来帮你盯着他们，你别害怕，他们要是再敢动手，我不会放过他们的。”

梁小东耷拉着头："琦姐，你别再管我了……"

苏琦瞪大了眼："你怕什么？"

"我是怕拖你下水……"梁小东仿佛又要哭出来，长这么大了还要一个女的保护，他觉得简直无地自容，"琦姐，你是个好人，但我不值得你这样做。"

"就冲你喊我一声姐，你的事情，姐管定了。"苏琦拍了下梁小东的肩膀，不管不顾地说，"以后上学放学，我接送你。"

[2]

接送梁小东上下学几天之后，苏琦已经完全地陷入了休息不够的怪圈里，甚至连坐着都能睡着。

在第二次被当事人叫醒之后，苏琦又被章暮飞请进了办公室里。在章暮飞锐利的眼风中，苏琦视若无睹地打了好几个哈欠。

章暮飞双手交握搁在桌上，抬眼轻哂："你最近很累？"

苏琦眼皮子耷拉着，困得眼睛都要睁不开："还不是为了梁小东的事情……"

苏琦囫囵地把梁小东的事情给章暮飞说了。

"你每天都接送梁小东上下学？"章暮飞微不可察地皱了一下眉心，捏着鼻梁沉吟道，"这种事情你以后还是少做，太激进也太冒险了。"

苏琦不置可否地扯了扯嘴角："章律师，你是不知道那群孩子，现在都狂妄到什么地步了，就连我接送梁小东的途中都偶尔会有人盯梢，如果我不看着他，他分分钟有人身危险。"

"保护公民不是你的责任，那群孩子不是省油的灯，要是这样下去，我怕连你都会有危险。"

苏琦飞也似的睨他一眼："你怎么知道，你调查过他们？"

章暮飞沉默片刻后，才从桌子上的文件里抽出一沓资料，说："别以为我除了接受了委托什么事情也不做，这几天我调阅了一下王嘉树和他身边那几个孩子的家庭情况，也托人在学校多方了解，这是他们几个的调查报告。"

章暮飞又接着说："校长和老师的评语多是不好的，这几个孩子学习成绩一塌糊涂，经常逃课，打架斗殴什么的都少不了他们。还有梁小东反映的情况属实，王嘉树的家境优渥，家里给学校捐了一幢教学楼，所以尽管王嘉树在学校里惹是生非，但学校对他的处罚往往十分宽厚。"

苏琦嗤了一声："富二代啊……"

章暮飞给苏琦的材料其实并没有很多页，上面是在学校调取的这几个学生的学习档案和家庭情况，苏琦一页一页地翻过去，却在王嘉树家庭情况那一栏里停了停："王嘉楠？"

"嗯，是的，王嘉树还有个哥哥叫王嘉楠。"章暮飞瞥了一眼，"怎么，你认识他？"

苏琦点了点头，若有所思地说："他……是我弟以前的朋友。"

[3]

几个小时后，苏琦来到了这座城市 CBD 最著名的一幢大楼前，她还有一件事情需要确认清楚。

由于没有通行证也没有预约，她在楼下接待室坐了许久。这才想起来，她已经很久都没有和之前的朋友们联系了，她甚至根本就没有存下肖林奇的手机号码。

恰好是午饭时间，有熙熙攘攘下班的人从她身边经过，穿着西装戴着领带的上班族们眼神疲惫，脚下不停。苏琦看着他们的脸，再低头看看自己一身的律所制服，突然觉得自己仿佛成了这些人中的一员。

她曾经觉得自己不会过这样朝九晚五的日子，看不起循规蹈矩的生活，可是又有什么变了？

就在苏琦放空的间隙，有个人摇着轮椅过来，轮子碰到了沙发边沿，苏琦抬起头，对上肖林奇的眼。

肖林奇坐在轮椅上，平和地看着她："听说你在这里等了很久？"

苏琦点了点头，开门见山："有点儿事想问问你。"

"这里不方便，上我办公室说。"

肖林奇坐的是特制的私人电梯，在身体健全的人群里却有一股不输人的气势。苏琦只知道他在出车祸之后沉寂了一段时间，在医院里百无聊赖时以百倍的热情投入到网络游戏里，迅速地认识了一群人，一起创办了这家游戏公司，却没想到一年不到，这家公司已经俨然小有规模了。

肖林奇也是个怪胎，在身体健全的时候开什么公司都不成，出事故之后却一举成名，前阵子还得了一个市里"十佳青年"的称号，坐着轮椅拿奖，却比谁都帅气逼人。那会儿苏琦在电视上看到还挺唏嘘的。

那时候肖林奇打架斗殴、偷鸡摸狗的事情没少做，她竟没想到他还能活成这个样子。要是她弟弟苏零还在的话……

要是苏零还在、谢依云还在……回忆太惨痛，苏琦不敢再想下去了。

秘书给两个人倒了咖啡，又退了出去，偌大的办公室里只有他们两个人。

苏琦懒得叙旧，径自丢了一份文件给肖林奇："看看，认识不？"

"谁啊？"肖林奇翻开看了下，"王嘉楠？"

苏琦难得露出严肃认真的表情，一字一句地说："以前你追赶苏零坠崖的事情我不和你追究，但是那个向你透露他行踪的人，是不是他？”

肖林奇右眼跳了跳，惊讶道：“你怎么知道？”

苏琦啜了口咖啡：“我觉得苏零的事，八成和他脱不了干系。”

肖林奇一脸吃惊：“你在查这件事？你觉得这个人和苏零的死有关？”

苏琦放下杯子，冷静镇定地说：“你也不想想，当年我们一起找的苏零，这个王嘉楠和你不相识，为什么突然打电话告诉你苏零的行踪？你难道没觉得这个人设了一个局，引导我们往里面跳？”

“不会吧……这事真有那么邪乎？”

苏琦低头盯着自己的手，这双从小搀扶着弟弟走路的手，此刻却再也没办法触摸到他的什么东西了。

原来苏零已经死了那么久，应该有很多人忘记他了吧。

“我也不确定，但我觉得这件事没那么简单。今天来就是想问你是不是他，既然你已经给了答复，我也要走了。”

“等下，苏琦。”肖林奇从桌子后面绕过来，依然是用着他那辆全自动式轮椅，“有件事情我不知道由我来说合不合适。”

“什么事？”

“苏零和谢依云都已经走了，这件事也已经尘埃落定了，我想就算是他们两个，也希望我们能够过得好好的，而不是沉溺在往事里没办法回头以至于走不好接下来的路。”

“呵……”苏琦笑了笑，眼里却是一片肃杀的气息，“肖林奇，你会这么说，那是因为他不是你弟弟。”

[4]

在走出肖林奇公司的时候，苏琦才抬眼看了下周围的高楼大厦，很意外地发现了王嘉楠所在的庆辉公司居然也在附近。

苏琦随着人流走过天桥，却冷不丁被人从后面拍了一下肩膀。

“琦姐！”

“梁小东，你怎么在这里？”

梁小东手里还拿着一杯珍珠奶茶，骤然看到苏琦探寻的目光还有些羞赧：“我、我和同学过来这里喝东西呢，姐，你要不要，也给你买一杯？”

苏琦身量极高，又长得漂亮，梁小东后面的几个同学都已经叽叽喳喳地在议论她了。而她脸上那一抹疤痕又增添了些许神秘。

“不用了。”苏琦摆摆手，不耐背后人的打量，想继续往前走的时候，梁小东又跟了上来。

苏琦睨他一眼：“你同学呢？”

“我让他们先回去啦。”梁小东跟在她身边，探头探脑地问，“姐，你这是要去哪里？”

“找个朋友。”

两个人到了大厦楼下，苏琦倒是有点儿踟蹰了。

毕竟王嘉楠和肖林奇不同，肖林奇还能称得上是朋友，但王嘉楠却绝对不是个好人。

苏琦站了有一会儿，想拉着梁小东走，谁知道迎面开过来一辆白色奔驰，从车上下来的那个人就是王嘉楠！

梁小东感觉到苏琦捏着自己手臂的手指收紧了，低声问道：“姐，他……就是你要找的朋友啊？”

苏琦神情严肃，颇为不屑地回了一句：“他不是我朋友。”

“哦。”

这么说起来，琦姐好像也不是很喜欢那个人？梁小东猜不透苏琦的想法，正纳闷呢，没想到苏琦居然拉着他鬼鬼祟祟地跟着那人进了大厦里。

梁小东压低了声音，蹑手蹑脚地说：“姐，我们这是要做什么？跟踪那个人吗？”

苏琦把食指压在唇上，做一个噤声的动作，又在梁小东耳边说：“想跟着我就别出声，我们跟过去看看。”

苏琦看着王嘉楠乘坐的电梯到了十八楼，她随后也进了电梯，按了二十楼。走出电梯后，他们闪身进了楼梯间，从二十楼走到十八楼。

“姐，你这是怕被他发现？”

苏琦摇了摇头，其实她也不知道自己这么紧张兮兮的是想做什么，但一进入这幢大楼，她就隐隐有一些不太好的预感。

总觉得好像有什么事情会发生似的。

苏琦本以为自己已经做得很小心翼翼不被人察觉了，可就在她拉着梁小东走出楼梯间的时候，门两边突然涌出了一群人，不怀好意地把他们两个人给围了起来。

很显然，在他们进入这幢大楼的时候，就已经被人盯上了。

苏琦和梁小东被人带到了王嘉楠的面前，他的办公室里放着一张台球桌，眼下正在和另一个人打着球。那个人梁小东也眼熟，就是在梦里也要欺负他的人——王嘉树。

王嘉楠坐在沙发上，跷起了二郎腿，手里拿着一块方形巧克，很有闲情逸致地擦着球杆。见苏琦被人带上来，他抬起眼瞅了下，反而笑了：

“我说是谁呢，原来是老朋友啊……说吧，跟着我有什么目的？”

苏琦看都没看他一下，眼风一转看了眼王嘉树。梁小东倒是战战兢兢地开了口：“我们就是走错了……”

“呵……走错了？”王嘉楠扯了扯嘴角，显然是不信。

王嘉树本来撑在球台边，听见后也来了兴致，走过来一瞧，乐呵呵地踹了梁小东一脚：“我说是谁呢，原来是你啊梁小东。你胆子也忒大了，跟着你老子我跟到这里来了！”

“嘉树，你认识他？”王嘉楠问。

王嘉树挑了挑眉，不屑地说：“喊，就是我学校里一沙包。”

王嘉树想了想，又说：“不过他那姐姐好像挺厉害的，上回还威胁我了。”

“哦？”王嘉楠兴致勃勃地朝着梁小东一指，“你过来。”

梁小东倒退两步，却又被人推搡着走了过去。他的身体因为恐惧而抖得像筛糠一样，脸色发白，想是吓得不轻。

他回头，哆哆嗦嗦地喊：“姐……”

苏琦终于开口问：“王嘉楠，你想做什么？”

王嘉楠轻佻地笑着：“放心吧苏琦，既然是嘉树的同学，也就是我弟弟。我们不做别的，就切磋切磋下球技而已。”

然而，王嘉楠所做的，却远远不止切磋球技那么简单。

苏琦眼睁睁看着他让梁小东跪在球台一角，把脑袋搁在桌沿，而后又指挥王嘉树在另一个对角撑杆。

“把嘴巴张大些，再大些。”王嘉楠走过梁小东身边，用球杆拍了拍他的嘴角。

王嘉树已经跃跃欲试了，甚至还问：“哥，你说我能不能一击即中，一球就打进他嘴巴里啊？”

“呜呜呜……”梁小东被迫跪趴在那儿，嘴巴被人捏着，已经连话都说不出来了。

桌球的力量挺大的，苏琦已经不敢去想球如果真的磕碰到梁小东的嘴里，会是什么样子，至少牙齿都得掉落几颗!

王嘉树那姿势不像是在摆架势而已，甚至真的很有可能把球击打出去。苏琦再忍不住，气愤地厉声质问：“够了，王嘉楠，你到底要怎样才能放过他？”

“怕了？你也有怕的时候啊……”王家楠皮笑肉不笑地说，“我弟说你上回吓到他了，我的要求不高，你给他道个歉就得了。”

“就……这么简单？”

下意识地，苏琦觉得王嘉楠这人一肚子坏水，肯定有诈。

王嘉楠从旁边的酒柜里拿出一瓶酒和两个酒杯，满满地倒了一杯，做了一个请的姿势。

苏琦走过去，拿起酒杯：“王嘉树，上次是我不对……”

话音未落，另一边的王嘉楠却忽而拿起了那瓶酒，对着苏琦兜头兜脸地淋了下去。

他甚至使坏地一点一点倾倒下去，苏琦整个头全都被淋湿了，酒沿着她的头发、她的眼睫毛湿答答地滴落下来，落在她的眼睛上，她的眼前全被酒气缠绕了，手上却是一动都不动的，因为梁小东还在他们的手里。

苏琦的心里很明白，王嘉楠这是在给她一个下马威，一个欺负他弟弟的下马威。

王嘉楠的这瓶酒倒得一滴不剩，苏琦的头发湿了，全身都狼狈得不像话。其他的人哄堂大笑，都在笑话她自不量力。

苏琦就那么睁着眼睛，盯着王嘉楠，看着他在她面前，嚅动嘴唇，一字一句地奚落她说：“苏琦，我们认识够久了。想在我面前逞威风，也不看看你是谁。来让我想想，当年你也是长得挺标致的，怎么这会儿脸上带了一个疤？啧啧，大家来看看，多可惜啊……你们猜猜，这是谁划的？”

王嘉楠伸手捏了一把苏琦的脸。苏琦恶心极了，转过头，用尽全身的力气吐出：“别用你那脏手碰我。”

王嘉楠却不怒反笑，挤眉弄眼地说：“我猜八成是江逸吧？苏琦，你别装那副高姿态了，你也没比我高尚多少！在这里装什么装呢？我告诉你，你不过就是一个别人玩剩下的东西而已！”

苏琦的拳头松开了又握紧，下一秒，门仿佛被人从外面推开了。苏琦蒙眬的眼帘里，出现了一个模糊的身影。

那个人进来后，王嘉楠好像没那么骇人了，回过头像没事人一样和他探讨着公司的事情。其余的人毕恭毕敬地站在两边，对着那个人竟大气都不敢出一下，一口一个城哥地喊着，别提有多殷勤了。

而王嘉树和梁小东还仍旧在桌球台的两边对峙，苏琦站在酒桌前，一抹满脸的酒水。

这一幕荒唐得像个笑话，但那个走进来打扰的人却没有表现出任何的惊讶，他甚至连看都没看过苏琦一眼。

而就在他和王嘉楠把正事都聊完之后，他才忽而扫了一眼眼前的情况，淡淡地对王嘉楠说：“玩玩就好了，别太过分。”

王嘉楠莞尔，轻松地开口：“玩玩而已，等会儿就把人给放了。”

“嗯。”那人也不多话，匆匆地就要走了。在临走的时候，他抬起眼看了下苏琦，碰巧苏琦也看了一下他，电光石火间，苏琦愣在了原地。

她刚才就觉得他的声音和外形轮廓很熟悉，在看清楚他的眉眼时，她的头轰然一下炸开了。

走进来的那人不是别人，正是四年前，苏琦离奇失踪的未婚夫——程池。

[5]

苏琦已经很少去回想以前的事情了，但是那天当她闭上眼的时候，以前的事情又仿佛雪崩一样纷至沓来，让她无所防备，倒头跌入以前的旧事中。

避无可避。

那是七年前的一天，苏琦像往常一样蹑手蹑脚地回到家里。

没想到那天运气不好，恰好苏淮波和孟丽英都在，又碰巧孟丽英打麻将输了钱，对着她阴阳怪气地数落："也不看看现在几点了，我说你还不如不回来算了。你不需要休息别人还要休息呢，也不知道在外头结识了什么不三不四的人，要是让邻居知道你彻夜不归，简直丢我们苏家的脸。"

苏琦"嘁"了一声："要你管？"

"哟，我还管不了了？"孟丽英声音尖锐了起来，揪着她的衣服骂上了，"老苏啊，你也不看看你养的好女儿，连我都不认，不得了啊，真是翅膀硬了要飞了。"

苏琦眼睛一瞪："你是谁，你管得着我？"

话音刚落，在外面喝得醉醺醺的苏淮波一个健步走上来，劈头盖脸地打了苏琦一个巴掌，打得她一个趔趄差点儿没站住。再抬起头，苏淮波喷着酒气的脸就那么靠过来，在她耳边大吼道：“她是谁？我告诉你，她是你妈！”

“呵……”苏琦冷冷发笑，“我妈？我妈早死了，这个不知道是从哪里冒出来的女人，我才不认她！”

“啪！”苏淮波反手又打了一个巴掌，目眦欲裂地瞪着她，“反了你了！果然狗嘴里吐不出象牙来，看我不收拾你！”

“我是狗嘴，你是什么东西？”苏琦嘴皮子利索，一句话就把苏淮波给噎死了。

“你你你……你是想气死你老子！”苏淮波嘴上斗不过，随手就拿了旁边的杯子砸过去，差点儿砸中苏琦，嘴上也没闲着，骂骂咧咧地喊着，“看我不打死你！”

苏琦闪身开门躲到了门外，里面苏淮波和孟丽英咒骂的声音就一直没有停止过。

还怕邻居取笑？他们家早就不知道被邻居笑话成什么样子了，苏琦心里冷冷地笑。

她在楼梯口站定，从口袋里摸出来一包薄荷烟，打燃打火机，在寒风中哆嗦着点上了，吸一口，才感觉清醒了点儿。

自从孟丽英进了苏家门，处处挑拨她和苏淮波的关系，苏家每天都是闹得鸡犬不宁的，这也是苏琦放学后不想回家的原因。苏琦本以为自己已经习惯了这样的生活，却在这一刻觉得天大地大，却没有一个能让人待的地方。

或许是时候找个地方搬出去了，正这么想着，从路口处晃荡着走出了一个人，肩上披着校服外套，书包拎在手里，亦步亦趋地往楼道里走，路灯把他的影子拉得很长。

苏琦认出了他，掐了烟，喊了一声："苏零。"

苏零低着头，闷不吭声，在走近她的时候才说："又抽烟？"

苏琦的眼光掠过了他的脸，看着他额头上的瘀青，脸色一沉："你打架了？"

苏零抹了抹嘴角："没什么……啊！你干什么，轻点儿！"

"这么严重了还说没事？你身体是铁做的？"苏琦用手按压了一下苏零额头上的伤，恶狠狠地说，"是谁欺负你？"

"不要多问。"苏零却转过头，冷冷地说。

苏琦胸口沉闷，厉声道："苏零，你什么意思？"

"不用你多管闲事。"

苏零只丢下一句话就走上楼了，苏琦不想去追，反正她想知道的事情，苏零不肯说，她总能打听得出来，苏零混迹的圈子就那几个。很快，苏琦就打听到那天打苏零的人是受了一个叫张欣彤的人的指使。

那天放学后，苏琦招朋引伴，叫了一堆人浩浩荡荡地去了苏零学校，在校门口截到了刚刚放学的张欣彤，又把她请到了学校附近的小巷子里叙叙旧。

苏琦环抱双手："说吧，是不是你让人打的苏零？"

张欣彤一开始还挺硬气："你是谁，我为什么要告诉你？"

苏琦踹了一下旁边的垃圾桶："说不说？"

"不说，就是不说！"

"很好，死鸭子嘴硬是吧？"苏琦伸手，从旁边一个女生的书包里掏出一把剪刀，"我自然有办法让你开口。"

张欣彤脸色大变，嘴上还是逞强："你想干什么？"

苏琦看了一眼张欣彤那及腰的头发，笑了笑："我看你头发挺长，给你理理发。”

苏琦是女生，自然明白女孩子最珍惜最宝贝的是什么东西，更何况在来之前她就打听好了张欣彤的事情。张欣彤的确是对她那头长发宝贝得跟什么一样。

这么一下不得了，张欣彤吓得六神无主，想走又走不了，眼睁睁地看着苏琦拿着剪刀“咔嚓”一下剪掉了她一小搓头发。

“姐姐，我的亲姐姐，我说，我说！”张欣彤眼泪都要出来了，对着苏琦一把眼泪一把鼻涕地说，“我就是因为没面子……”

“什么？”

张欣彤啜泣着，闷声哼哼着说：“因为被他拒绝了没面子……”

苏琦满头黑线：“所以你就让人揍了我弟弟？你真是……”

张欣彤眼看着苏琦扬起手，就要打过来，她闭上眼，可那个巴掌却迟迟没有落下来。她睁开眼，有一个阴影落在了她的脸上。

原来是苏零抓住了苏琦的手，不让她打张欣彤。

苏零轻轻地吐出一句：“住手。”

“苏零，你干什么？”苏琦有些莫名其妙，不知道苏零为什么会跑出来阻止她？

“我说住手。”苏零又重复了一遍。

张欣彤趁着他们俩在争论的时候，飞也似的跑了，反而是苏琦和苏零两个人站在那儿剑拔弩张了好一会儿。

苏琦铁青着脸：“我是在给你出气，你懂不懂？”

苏零双手插在口袋里，一副吊儿郎当的样子，满不在意地说：“我有让你插手我的事情吗？我的事情，需要你来多管闲事？”

苏琦冷哼了一声，气急败坏地说：“很好，苏零，我再不会理你的事！”

[6]

这几天，苏琦的右眼皮一直在跳，果不其然，这头接连和孟丽英、苏零吵架，第二天学校那头又出了岔子。

不知道是不是因为被衰神附体，苏琦莫名其妙地被同学盛夏的家长告发，诬蔑说她在盛夏家里偷了挺贵重的东西。校长和教务主任连番问下来，就连苏淮波和孟丽英也不帮她，一个劲儿地奚落咒骂她。

苏琦一个赌气之下，连书都不想读了。而学校也很及时地下了处分，勒令苏琦退学。

在通知下来的时候，苏琦已经在一家叫眼色的酒吧里找到了工作，工资倒是不高，但是包吃住，员工宿舍就在酒吧旁边的小隔间。

酒吧打烊晚，睡觉的时候差不多已经要到凌晨，苏琦索性从家里搬出来到酒吧住。这一住就是小半个月，苏淮波和孟丽英没有来寻她，连带着苏零也不见踪影。

这天，苏琦和平常一样在酒吧上班，谁知道眼色里来了一群不速之客，一进门看见苏琦，眼里顿时放了光。

领头的那个穿着一件黑色背心，脖子上挂着好粗一条金项链，坐在苏琦面前，咧着嘴笑：“美女，赏光一起喝一杯？”

苏琦眼皮都不抬一下，兀自在吧台前专心致志地擦着酒杯。

那人又不怀好意地靠上前来，甚至用手蹭了蹭苏琦的手背：“怎么，连个面子也不肯给？”

苏琦只是淡淡地挑起眼角：“别碰我。”

那个人更加放肆地把手伸向了苏琦的肩膀：“我就碰了，你还能拿我咋的？”

苏琦勾了勾唇，十分淡定地按了桌子底下的按钮，眼色里的十来个保安立马不动声色地聚拢过来，把这个小圈子围得密不透风。

保安队长是个粗犷的西北汉子，一看就知道发生了什么事情，开门见山地问：“喊我们有什么事情？”

苏琦环抱双手：“这些人不守规矩，把他们赶出去。”

那人气急败坏地说：“我怎么你了？我怎么你了？你嘴巴给我放干净点儿，我告诉你，我今天就是不怕事……”

那人的声量越来越大，在吵闹的酒吧里引起了不大不小的骚动，一群保安也是见过世面的，在保安队长的示意下，不一会儿就把那几个人半推半拉地拽到了后门小巷口里。

等到苏琦擦完酒杯走出去巷子口，那几个人都被保安队长料理得差不多了，只剩下喘气求饶的份了。

保安队长平时见这种事情也不是一次两次了，这回也是这么说的：“我告诉你，别以为我们眼色的人好欺负！”

那人知道打不过，带着人灰溜溜地走了。

苏琦走过去，慢条斯理地递上几根烟：“麻烦你们了。”

保安队长小赵拍拍胸脯，跟苏琦保证说：“什么话啊大妹子，欺负你不就是欺负我们眼色，你别害怕，下回他要是还来，我们照打不误！”

苏琦勾了勾嘴角：“谢了，赵哥。”

赵哥拍了拍苏琦的肩膀：“行了，大妹子，这里风大，我们就先进去了。”

苏琦点点头：“我抽根烟就回去。”

巷口风大，吹得苏琦拿着烟的手都快僵了。也不知道站了有多久，直到她手里的烟快燃尽了，她才看见巷口那里似乎站了一个人，隐在路边，看不真切。

苏琦以为是刚才那伙人又回来了，下意识地捏住了手里的对讲机。

对方仍旧没有任何动作，下一秒，苏琦把烟头扔到地上反复踩了踩。

“谁在那里？”

风口处果然走出了一个人，穿着黑色风衣，肩宽腿长，头发剃得很短。

苏琦只以为是因为路灯把这人的影子拉长了，因为身高的关系，平时能让她仰望的男人本就不多。

可直到他走近了，她才发现他竟比自己高出了一个头不止，身形健壮硬实。

她微微抬头，也只看见他挺拔的鼻子，薄凉的唇瓣。他下巴的弧线很好看，脸上的线条很孤傲，刀刻一般。身上还有淡淡的烟草气息，若有似无地拂到她脸上来。

他手里拿着一包烟，从里面抽出一根来。苏琦看了一眼，很普通的牌子，但那根烟拿在他的手里，显得十分洁白。

“借个火吧。”他说。

苏琦以为他和那些人是一伙的，原来并不是。他应该已经看到了刚才的一幕，但还能够装得跟个没事人似的跑到她面前借火。

苏琦把手里的 zippo 甩过去，打火机在空中划出一道弧线，他伸手眼也不眨地接过，随手点上了。

寂静无人的长街，被风吹得鼓起来的衣角，还有两个百无聊赖的人。

如果一起抽烟也算得上是烟友的话，那么两个人也突然有了一段忽然而至的交集。在这个当口上，烟雾缭绕间，苏琦难得地和这个人有了那么几句零星的对话。

“刚刚的事情……你看见了？”

那人低头抽了一口烟，没答话。

苏琦也不接腔，觉得这人估计和她一样闷，不爱说话。

过了很长一段时间，他们都只是闷头分别抽着自己手里的烟。

苏琦很快抽完了，转身想走的时候，那个人却突然开口了。

声音是少有的醇厚好听的男低音，声如其人。

他说：“你这样的女人，一般的男人是不会喜欢的。”

这人没头没脑说了这么一句话，苏琦本来可以不用搭理的，但她还是不服气地问：“不够漂亮？”

“男人轻易不敢碰。”

那人丢了手里的烟蒂：“怕上瘾。”

北国之森

2

第三章

我独自走在陌生的涧谷，
听见昔日在哭

[1]

苏琦回到眼色里的时候，一切和刚刚一样，但是气氛又好像有什么不一样了。

赵哥悄悄地把她带到角落里说：“刚才那伙人又来了……好像叫来了他们老大强哥，那人和我们老板认识，现在正在包厢里喝酒呢。”

苏琦点了点头，伸手想从口袋里拿烟，却发现刚才已经抽完了。

赵哥担忧地看着她：“总之，你自个儿小心点儿啊。”

不多一会儿，老板就把苏琦给叫进了包厢里。

依然还是那群人，只是中间又多出一个看起来年长一点儿的人，苏琦听见其他的人都叫他强哥。

老板姓王，平时不怎么露脸，今天倒是被强哥给叫出来了，听起来两个人兴许还有点儿生意上的关系。

苏琦硬着头皮站在那里，看着他们觥筹交错了一阵后，老板对着苏琦招了招手：“我听阿强说，刚才你和他手底下的人有一点儿小摩擦？有这么回事吗？”

苏琦撇过脸，没说什么，但看出来老板有点儿想要息事宁人的意思了。倒是刚才那个揩油的人，厚着脸皮说：“没什么没什么，就是一点儿小误会而已。”

强哥也很适时地开口：“既然大家都认识，那就当交个朋友吧。”说完又让那个揩油的人给苏琦倒酒，说是要冰释前嫌什么的。

对方一口气全喝了，苏琦面前那杯却是一动也没动过。

“哎呀，你这样可就不够意思啦。我不就是想和你交个朋友嘛……”

那人显然喝多了，手舞足蹈地说了一大通，苏琦起身要走，手腕却被拽住。

包厢里一群人盯着她，对方已经换了另一副嘴脸：“我说你可不要给脸不要脸，我们茂哥都给你倒酒了，你还装个什么劲……”

眼看那人扬起手臂，有阴影落在苏琦的脸上，她刚想伸手去抵，包厢门又被人推开了。苏零带着一群人风风火火地闯进门来，架住了那个人的手。

“要喝酒是吧？我陪你喝。”

苏零伸手拿起杯子一口喝完，又给对方倒了满满一杯：“今天我们两个谁先倒下，谁是孙子。”

一场闹剧急转直下变成了斗酒。那天苏琦也数不清苏零和那人到底喝了有多少杯酒，反正对方后来是被人抬着出包厢的，苏零勉强还能站着，但是也在洗手间里吐了个天翻地覆。

苏琦拿着一杯浓茶站在洗手间门口的时候，苏零还有点儿站不稳。

“我说你，为什么要这样做？你到底怎么想的，你是不是傻？”

苏零俯在水池里洗脸，有水珠从他的鼻梁滚落。他抬起眼笑，很无所谓地说：“我喜欢喝酒，不行啊？”

苏琦环抱双手靠在门边，对于她的这个弟弟，她倒有点儿看不懂了。

以前他小的时候，还老爱跟在她后头哭，他在外头受欺负了，她带着一群人去给他撑腰。可现在呢，他交的什么朋友，平常都在做些什么，心里在想什么事情，她全部都不知道了。

“你不是挺讨厌我的吗？为什么今天又反过来管我的事情？”

苏琦可没忘记几天前张欣彤那桩事，既然他苏零冷酷到底，不想她插手他的事情，那么他也别想理她的事。这是苏琦一贯做人的原则。

“那是因为我已经长大了，不需要你来保护了……”

苏零身上有着浓厚的酒气，却难得这么认真：“以前我一直受你的保护，就连被人欺负了，还要你带着人去给我出气。姐，我不是小孩子了。现在我要告诉你的是，我已经有能力保护自己，也有能力可以保护你了。”

苏零这突如其来的话让苏琦有点儿措手不及，她没觉得有多感动，只是觉得好笑极了。

“怎么，姐你还不信我啊？”苏零很是受伤地说，“真没劲，这可是我第一次想要保护一个女的！”

苏琦拍了苏零的脑袋，用一种不太相信的口风说：“死小子，口气那么大！姐告诉你，谁保护谁这事还不一定呢！”

[2]

那件事情发生后的第二天，苏零还就真的从家里搬出来，住到了苏琦的宿舍旁边。白天出去外面溜达游玩，晚上留在眼色里当驻唱歌手，每个晚上唱两场，一场三首歌。

而那天苏零能够在老板面前和那个人叫板，也是有原因的。就在苏零驻唱到第二个月的时候，眼色的人已经比之前多了一倍多了，晚上的场子炒得很热，晚点儿来都没有空位。

这些都是苏零的功劳，来眼色的人里，有一大半的都是来听他唱歌的。在这之后，苏零身边所认识的人，也远比苏琦所想的更复杂了。

苏零在苏琦眼里从来都是一副没长大的样子，她一直都把他当成小男孩看待，但是突然之间这个小弟弟长大了，又惹了一堆女孩子喜欢，会唱歌，还会保护人了。苏琦觉得自己其实从来都没有真正了解过苏零。

那天刚唱完第二场，苏零就匆匆忙忙地走了。苏琦跟了出去，苏零的高低摩托车早就开得没影儿了。

苏琦伸手想招辆的士，谁知道在眼色门口停着的一辆银灰色轿车突然启动了。

车窗降下来，是那天向她借火的神秘男人。他们偶尔在后巷相遇，匆匆抽一口烟又走。不过几面之缘，他却很熟稔地问她："要去哪里？"

她只以为他是在做专车司机，开了车门坐进去："给我追前面的摩托车。"

那人的车上很干净，除了后座上一副拳套和一件外套，没有其他东西。外套上绣着盛世拳馆的LOGO，苏琦才想起那家盛世拳馆就在眼色隔壁路口，门面不大，如果不去注意甚至根本就看不到拳馆的牌子。

开车的手臂粗壮而有力，手指上还缠着黑色绷带，苏琦猜想他大概是拳馆的人。

"你在隔壁拳馆学拳？"

"我是拳师。"

苏琦淡淡地"哦"了一声。

除此之外，两个人仍旧没什么话说，那人也不问苏琦为什么要追前面的车，也不问她追了要做什么。而对苏琦来说，这个人也神秘得可怕。

两个人满腹心事，却又无话可说。

苏零开摩托车开得飞快，也亏得那人车技好，一路摸过去，居然真的追到了苏零去的地方。

那是郊区一个已废弃的停车场，看起来挺荒芜的，却接二连三地停了好几辆跑车，黄的红的，在草堆里十分扎眼。

跑车前三三两两地站着一群小年轻，男的女的都有，大部分都在吞云吐雾，看起来像是在等人。

苏零的摩托车停在那群跑车中央，一个漂亮的停顿后翻身下车，脱了头盔后，和那些人打起招呼来，明显就是认识的，可那些人苏琦却一个也没见过。

苏琦下了车，大摇大摆地走了过去。苏零很快发现了她，皱着眉问："姐，你来这里做什么？"

苏琦对着苏零也毫不客气，把他拉到一个角落里："我才要问你来这破地方做什么呢？他们是谁？"

苏零嘟囔着："我刚认识的几个朋友。"

"你还有这么有钱的朋友？我怎么不认识？"

苏零还没来得及说什么，就响起了一阵猛烈的引擎声。那声音由远及近，从远处飞驰过来，到近在眼前，也不过十来秒的时间。

苏琦用眼风扫了扫，漫天的黄沙中，那辆跑车开得飞快，引擎声音格外刺耳，应该是改装过了的，就连车轮转动都有奇异的光彩。

那辆酷炫得不得了的车子甫一停下来，就有人围了上去，嬉皮笑脸地说："嘉楠哥您总算来了，可让人好等。"

这样看起来，车里的人还挺大牌的。苏琦循声看过去，就见车窗降下来，有一只夹着雪茄的手缓缓伸出来，架在车窗边，斜睨双眼，慢条斯理地问：“人都齐了没？”

有人凑过去：“都到啦，就等您啦嘉楠哥！”

车里的人弹了弹手里的烟灰：“那就开始。”

[3]

地上一条用树枝画出来的标志线，线前面停着好几辆汽车。其中最显眼的两辆：一辆是改装过的红色跑车，车身流线型，车子性能优越，光那个引擎声就能绕梁三日了；另一辆是普通的白色小轿车，灰扑扑的很不起眼，但在一溜跑车里，却是鸡立鹤群的奇特风景线。

开始前，王嘉楠从车窗往外看，眼里全是不屑的神色：“苏零，不是吧，你就用这车子和我比？也太见外了吧！”

苏零戴上手套，表情严肃而认真：“见不见外，你等会儿就知道了。”

王嘉楠对着副驾驶位，开怀大笑：“哈哈，晓雪，你听听你同学这大话说的……”

此时，苏琦又把苏零拉到另一边：“苏零，那个王嘉楠是谁？你们怎么认识的？”

“我一个玩赛车的朋友。”

“你不是吧，要和他们比车？你也不看看你的车，怎么和人家的比？”

苏零十分不屑地说：“又不是第一次比了。况且比一下，又不会死。”

这车可比不上摩托车，摩托车是人包铁，这是铁包人。更何况苏琦知道这里的路况，他们之所以选择这里，是因为前面有很多个崎岖的弯道，如果车速过快，足以让车子瞬间发生事故。

“苏零，你为什么要这么做？”

苏零掏出兜里的打火机，有一搭没一搭地打开，又关上，打开，又关上。

“光凭唱歌，能赚几个钱。我是真的喜欢玩车的，况且他们玩的彩头很大，这样来钱才快。”

“可你这样是在玩命你知道吗？万一出了事，你让我怎么办？”

冷风中，苏零十分不屑地说：“那又怎样，就算我死在外头了，也不需要你来管我。”

苏琦只觉得眼睛都气红了，一阵血气上涌：“苏零，你……”

“苏零，苏琦姐……”一个怯生生的声音把两个人剑拔弩张的气氛打消了大半，苏琦抬眼看过去，发现那人居然是苏零的同班同学余晓雪。

而彼时，余晓雪正巧从王嘉楠的跑车上下来，亦步亦趋地走到苏琦和苏零面前来。

苏琦以前曾经参加过苏零班上的家长会，见过这个余晓雪，毫不掩饰地说，她就是老师和家长眼中的好学生、乖乖女，成绩优秀，是苏零班上的班长。参加家长会的时候，就是余晓雪帮着招呼的，那天余晓雪还作为学生代表讲话，说了自己参加全国奥数比赛获奖的经历。这也使得她在苏琦心里留下了十分深刻的印象。

在那一刻苏琦甚至在想，如果苏零是个女的，是不是就不用自己操心那么多了。或许在潜意识里，苏琦一直以苏零的家长自居，她觉得自己可以叛逆、可以打架、可以抽烟，但是苏零不行。他是她看着长大的小孩子，她不允许他长歪，走一条错误的道路。

可惜她还是给苏零做了一个坏榜样，以至于现在怎么都没有办法让苏零成为众人眼里品学兼优的学生了。

苏琦没搭腔，反倒是苏零有点儿意外：“班长？你怎么在这里？”

余晓雪有点儿羞赧：“我、我碰巧放学路上遇到了王嘉楠……”

王嘉楠很强势地搂住了余晓雪的肩膀：“她刚好坐我的顺风车而已，怎么，这个也要你来管？”

苏零眼皮都没抬一下：“关我什么事。”说完后径自上了车。

可让他没有想到的是，苏琦也坐上了副驾驶位上。

苏零脸上顿时不太好看了：“姐，你这什么意思？”

苏琦也死倔：“也没人说飙车不能带人吧？”她指了指旁边王嘉楠的车，余晓雪也坐在车上，不过看那战战兢兢的样子，八成也是第一次来的。

“行，你想坐就坐吧。不过……”

“不过什么？”

“我不会管你的，你别吐就行。”

苏零面色一沉，踩下油门，车子飞一样地驶了出去。而停在旁边的其他四辆车子也几乎在同一时间蹿出起跑线。

五辆汽车并驾齐驱，车灯照亮了前面蜿蜒的山脉，在昏黄的路灯下，苏琦觉得苏零这一票，几乎真的是在玩命。

一开始只是平坦的公路，因为车子本身性能不佳，加速度实在不快，苏零的车子很快就落到了最后，只能追着前面几辆车子跑，但也被人狠狠地甩在了身后。

直到开上了山路，路面渐渐地合拢成了两条车道。前面的车速丝毫没有减缓，但已经有车子被王嘉楠的车给抛下了。

苏琦看到前面不远处，就是一个极大的拐弯。

苏零熟稳地换挡、踩刹车，嘴上却满是一副轻松的口吻：“姐，你坐稳，我要超车了。”

话音刚落，苏琦就觉得有一股强大的外抛力，把她往车旁一甩，也不过是这电光石火之间，苏零就趁着一个拐弯的势头，迅速地超过了前面的两辆车，并且把车道霸占了一半，保持车距不让他们通过。

车子离得太近了，苏琦甚至可以听见后面两辆车里的人在咒骂的声音。因为他们始终不能相信，苏零就靠着这么一辆破车，也能把他们给甩在身后。

而很快地，苏零又迅速地越过了两个弯道，把身后的两辆车子甩出了好几个车身位置。前面的车子也从后视镜里看见了苏零，在苏零快要超车的瞬间，利用飞快的车速把苏零的车子给挤出了车道。

“小心！”

苏琦甚至能感觉到车轮和地面摩擦的吱吱声。

“这该死的破车！”苏零气得差点儿砸方向盘，但他很快又一鼓作气地冲了上去。这次他不再和对方硬碰硬了，而是采用迂回的战术，时不时地逗逗那辆车，在它拐弯和冲刺的时候搞一点儿小碰撞。

趁对方不备的时候，苏零先是行云流水地踩油门，而后一个漂亮的点刹，以最快的速度连续掠过了两个 S 形的弯道，不一会儿就已经看不见后面车子的影子了。

苏零愉悦地吹了个口哨，脸上挂着餍足的笑，盯着前面说：“还有最后一辆了。”

距离终点只有三个拐弯点了，如果他不能在短距离里超车，那就会被王嘉楠狠狠甩在身后。

不过十几秒的时间，苏零就已经追到了王嘉楠的车尾位置上。王嘉楠也发现了苏零的车子，不停地用碰撞的形式来骚扰他的车子。有一次甚至产生了一次严重的刮擦。苏琦看见有火光在车头处燃起来，车灯处瘪了一角下去，车大灯瞬间被撞碎了，不亮了。

王嘉楠在车里一脸坏笑，坐在他身边的余晓雪抓紧了自己手里的书包，紧张地问：“王嘉楠，苏零他……不会有什么事吧？”

“不知道呢，你待会儿下车自己问他呗。”

王嘉楠脸上带着恶作剧的笑，他从来都是这样，不管别人的处境怎样，只顾自己能寻刺激就好，今天就算是把苏零的车子撞瘪了又怎样，想要赢得比赛，就要不择手段。只不过这句话，他不会贸然在余晓雪面前提而已。

另一边，因为一个车大灯的损坏，苏零的速度不得不慢了下来。车灯是车子的眼睛，也就相当于他在搏击赛中，被对手击伤了一只眼睛。

在这蜿蜒又难以区分路况的山路中，分分钟都有可能有一块石头横亘在路上，就连苏琦都知道，苏零想要在前面的道路上超过王嘉楠，实在是太难了。

“这浑蛋，他是专门要来撞我们车灯的！”苏琦的性格就是个直肠子，忍不住在车里破口大骂。

苏零也想骂人来着，但是他却突然眼尖地看见了前面的一条羊肠小道。

那条路苏零曾经开摩托车走过，知道通向的地方是哪里，如果能够开那条路的话，八成可以超过王嘉楠，但是那条路很窄，只能容半个车身通过……

不容苏零再考虑，下一刻，他掉转了车头，直直朝着那条羊肠小道驶过去。

苏琦看出了苏零的想法，十分不可思议地看着他：“苏零，你想干什么？那里……过不去吧？”

也不知道苏零到底是怎么把控的方向盘，车子竟然在他一停一顿的时候，开上了那条道，苏琦可以感觉到他们的车子有一半的车轮在地上，另一半……是贴着山路在走的。而山路的另一边，是一眼也望不到尽头的悬崖边。

车轮的轮毂和山路时不时地摩擦，发出奇怪的磕碰声。但苏零已经顾不得那么多了。

只要五十米，只要驶过了这五十米，他就能赢了王嘉楠。

[4]

车身外面，就是万丈悬崖，苏琦几乎是一路闭眼过来的，如果苏零的车子有什么抖动，或者从山上滚落一块石头什么的，足以让他们两个人看不到明天的太阳。

等到车子的四个轮子平缓落在地上，苏零的车子率先驶过了终点线，甚至和王嘉楠的车子只差了半个车身位。

而车子还没停稳，苏琦已经先一步开了车门，趴在车边忍不住吐了出来。苏零一路把车子当飞机开，颠簸得很厉害，能忍这么久已经是很了不起的了。

苏琦这才明白刚才苏零说的那句“你别吐就行”是什么意思，敢情以前坐他车子的人在下车后，都要这么死去活来地吐过一次才行。

坐在跑车里的王嘉楠眼里闪过一丝惊异，但他还是不得不认输了。毕竟比赛规则没有约定，不能抄捷径。他很爽快地把比赛的彩头丢给苏零，苏零接了过去，没有数，又丢了一捆给一个看起来微胖的较老实的男孩子，说给他拿去修车。

苏零开的那辆车车身已经在刚才的比赛里磨出了斑斑的划痕，掉了不少漆，车头更是凹进去了一大块，就和发生了车祸似的惨不忍睹。

“苏零，你没事吧？”余晓雪脸色苍白地跑过来，一看见苏零，眼泪就忍不住往下淌。

苏零觉得女孩子的眼泪简直来得莫名其妙，不置可否地说：“不是吧，我这不是好端端的，又没断手断脚。班长你哭什么？”

“我就是……就是感觉你们开那么快，实在是太危险了……你们以后能别这么玩了吗？”

余晓雪也感觉到了自己的失态，可她没办法，就是控制不住自己的眼泪。刚才在车里，她简直以为苏零那车子要回不来了一样。

“班长，你看你，胆子那么小，还说要跟着来见世面，我不就是开得快了一点儿，就哭成了这样。”王嘉楠揶揄了余晓雪几句，又神色轻松地从身上掏出一包烟，递过去给苏零，“刚才身手不错，没吓到吧？”

苏零一直都是那副酷酷的样子，双手插在裤袋里，没有要伸手的打算。

王嘉楠倒是一反常态，把烟径直塞到了苏零手里，熟稔地说：“来抽根烟，放松一下。以后大家就是朋友了。”

苏零很随性地把烟揣在手里，可让他想不到的是，下一秒，他的姐姐苏琦居然抢先一步走过来，给了他一个巴掌。

苏琦是第一次打苏零，也是第一次在那么多人面前红了眼睛。

她嘶哑着声音，恶狠狠地威胁他：“苏零，下一次你要是还这么拼命，我非把你的皮扒了不可！”

“又不是我求你上我车的，是你自己想坐上来的，怪谁呢？”

苏零扯着嘴角冷笑，他算是明白了，苏琦这是吐完了拿他来出气呢。但是在这么多人面前，他也犯不上和苏琦置气。

期间又有个穿着风衣的男人来拉架，身形粗犷，眼神冷冽，那双剑眉像刀刻一般，看样子是和苏琦一起来的。

苏零心里郁闷，想也不想就拿起了手里的烟，想抽一口。

可那烟刚点上，还没来得及放到唇边，却又被人打断了。那个理平头穿风衣的年轻男人不知道怎么的突然拉了他一把："你姐也是在关心你。"

苏零手里的烟拿不稳掉在了地上，他心里更憋屈了，没好气地反问了一句："你谁啊？"

那人也不生气，只是平和地说："我是你姐的朋友。"

苏零和苏琦置气，招呼也不打就回去了，没过多久，大家也都三三两两地散了。

苏琦自然是跟着那个所谓的她的朋友回去，直到坐在他车上的时候，她才想起来要问他一件很重要的事情。

"你刚刚，为什么要故意碰掉苏零手里的烟？"

车子刚好遇到红灯，那个人踩了急刹车，过了一会儿才缓缓说："什么故意？我是想替你们说和。你和你弟弟的感情，很让人动容。"

苏琦笑了笑，他绝没这么好心，也绝对不是刚刚好就在眼色门口兜风的专车司机。眼前的这个高大帅气的人，他想干什么，或者想要什么东西，苏琦想不出来，但是她可以担保，她和苏零身上，都没有这个人想要找的东西。

下车之前，她禁不住好奇问："你到底是谁？"

那个男人眼底有好看的卧蚕，但她从来没有看到他笑过。他转过头，很郑重地对她说："记住了，我在你们隔壁路口打拳。我叫程池。"

[5]

苏琦本以为这个事情就这么过去了，没想到第二天，她又在眼色里看到了让她意想不到的一个人。

余晓雪坐在吧台旁的小桌前，点了一杯果汁，正托腮看着台上唱歌的苏零。吧台的桌子高，她的一双腿就那么晃啊晃的。

按照苏琦的理解，她对于好学生和坏学生的分水岭是泾渭分明的，像余晓雪这种学习成绩好的乖乖女，在这个时间点上，是不应该出现在这里的。

苏琦走了过去，拍一拍桌子坐了下来："你怎么在这里？"

"琦姐……"余晓雪偷偷地吐了吐舌头，埋着头像一个在考场上被抓到作弊的孩子，吞吞吐吐地说，"是王嘉楠告诉我说苏零在这里的。我、我就过来看看。"

苏琦点了点头："行了，果汁喝完了你就回家吧。"

"琦姐，你怎么赶我走？我就是想来看看苏零而已。"余晓雪睁着眼睛，单纯地说。

"余晓雪，我知道你是个怎样的人，你也知道我和苏零是怎样的人，像你这种人，在这个时间，就不应该出现在这里。"苏琦环抱双手，"你应该在家里好好地写奥数的题目，或者是什么难得不得了的练习题。"

那些东西早在苏琦离开学校之后就被扔掉了，她甚至都想不出来那些花花绿绿的习题册叫什么名字。

但是最近她很有挫败感，觉得在苏零面前没办法摆大姐姐的风范，那么对于余晓雪，她不能再放任不管了。苏琦甚至觉得，苏零会变成这样玩世不恭的样子，大概就是和她学的。

"好、好的。我等会儿就走了。"余晓雪也不愧是个听话的乖乖女，苏琦这么说，她也照单全收了。

趁着余晓雪上洗手间的空当，苏零刚好唱完了一首，苏琦朝他摆摆手，让他过来。

苏零喝了一口矿泉水，满不在意地盯着桌子上的果汁说：“刚才这里是不是还有一个人？”

苏琦说：“是余晓雪，她来听你唱歌来了。”

苏零“哦”了一声，就没把这个当过一回事。

“你不会对人家有意思吧？”苏琦有点儿不放心地说，“看样子她是王嘉楠的人，你可不要乱动心思。”

“姐，你乱说什么呢。”苏零胡乱搪塞了一句，又上台唱歌去了。

不知道为什么，苏琦右眼一直在跳，总觉得会有大事要发生。果不其然，没多久就有人带了一群人过来要揍苏零。先是说苏零唱得不好听，不仅嘘声砸场子，还聚集了一群人真上台要把苏零的吉他给砸了。

苏琦火冒三丈地绕过人堆走过去，就看见王嘉楠拽着苏零的衣领，苏零揪着王嘉楠的，两个人对峙着，谁也不让着谁。

苏琦按捺着问：“王嘉楠，有话就不能好好说？”

王嘉楠倒是很理直气壮地说：“既然你姐姐也在这里，那我就好好地问问你，抢好朋友的女朋友，这事情你做得地道不地道？”

王嘉楠挥了一拳，正好打在苏零脸上。

“亏我那天比完车后，还把你当兄弟，你就是这么对兄弟的？”

苏零简直莫名其妙，反手也打了过去：“什么好兄弟的女朋友，我根本就不知道你在说什么？”

“你别给我装傻，我说的就是余晓雪！我不过告诉她你在这里，她就眼巴巴地跟过来了！你勾搭老子的妞，还装什么装！”

其实王嘉楠不过是想在余晓雪面前故意贬低苏零，才告诉她说苏零在这里唱歌，没想到余晓雪倒是真的跟到这里来了。这倒让王嘉楠有点儿料想不到，越想越气，于是叫了一伙人直接上门找碴来了。

“什么乱七八糟的，她要来，关我什么事？”

苏琦很努力地想把两个人拉开，谁知道苏零也在气头上，倒是一时也分不开两个人。

这时，余晓雪从人堆里挤出来，尖声说：“王嘉楠，你在说什么，我根本就不是你的女朋友！”

王嘉楠脸上挂不住了，哼哼着说：“余晓雪，那么多双眼睛看你坐在我车上，和我在一起的……你现在说你不是我女朋友？那你跟着我做什么？”

余晓雪脸皮薄，没几下脸上全是红晕，估计是被王嘉楠给气的，眼里含泪，又气又羞地说：“你、你，我不过是因为你说去到那里可以见到苏零，我才跟着你去的……”

几双眼睛齐刷刷地看向了余晓雪，她更是结巴得厉害，颠三倒四地说：“王嘉楠，你太过分了！我、我不和你们一起玩了！”

说完后，她拿起东西哭着跑掉了。

余晓雪这么几句话，倒是把事情都给交代清楚了。

苏零黑着脸：“你听明白了？放手。”

王嘉楠脸色也没有多好看，扯了扯自己的衣领说：“苏零，我可告诉你，我一直喜欢余晓雪，你不要和我争。”

苏零无所谓地耸耸肩，毫不在乎地说：“我对余晓雪从来没有半点儿意思，你可别多想。”

“行了，没事了都回去吧。”王嘉楠对后面的人说了几句，那些人就都散开了。

王嘉楠又掏出了烟，递了一根给苏零，和颜悦色地说：“刚才是我想太多了，既然是误会，那就没什么了。”

苏琦冷哼了声：“追女孩子，哪有像你这样的？”

王嘉楠刚想说什么，可不知道从哪里又有一双手把他的烟挡了回去，淡淡地说：“人都跑了，还不去追？”

王嘉楠没来得及去看那个人是谁，倒是真的收了东西追出去了。

苏零并没有把这事太当成一回事，他一直就是那个吊儿郎当的样子，反而是苏琦留意到了程池。

她知道他那句话是为了给苏零解围，而且还做得滴水不漏，他好像一直都是这样成熟稳重，不紧不慢的样子，但说的话却从来让人信服。

她想了一下，猛地抬头问他：“今天想喝什么？”末了又补了一句，“我请客。”

程池倒是一点儿不客气：“一杯伏特加，少冰。”

[6]

人和人之间的磁场总是那么奇妙，虽然苏琦只是见了程池几次，却好像已经和他认识很久了。

然而有的人，在你见过她之后，在很长很长的一段时间之后再回首，才蓦然发觉，原来那竟然是你和她之间的最后一次见面。

那天，各大门户网站和报纸上都刊登了《女高中生回家途中猝死，死因不明》的消息，因为“女高中生”这几个字实在博眼球，这事在网上闹得沸沸扬扬的，这个报道简直一石激起千层浪，众说纷纭，都对女高中生的死因进行了不负责任地猜测。有说是因为读书压力太大，心肌梗死过劳死的，也有说是被路上的小混混那啥啥死的，还有说是因为被抢劫杀害了的，死状甚惨。

苏琦本来就对这些小道消息不是很感兴趣，只不过那天在走道上碰巧听见有人在讨论，而那所学校恰好就是苏零的学校。苏琦就耳朵尖地多听了一句，却没想到死的那个人居然是余晓雪。

苏琦又跑到网上看那篇报道，报道里倒是只写了死者的名字叫余某雪，但是搁在这个熟悉的圈子里，大伙儿老早就知道被害的人是S中学的余晓雪了。

报道上还写了，余某雪在放学的路上被路人发现倒在血泊中，送到医院的途中不治身亡，死因不明。但在报道的末尾，又稀里糊涂地写了余某雪的死因警方目前正在调查中云云。

一篇报道，却没把事情给说清楚，反而留了一个有各种可能的悬念，也难怪会在网上引起强烈的反响了。

那天晚上既然王嘉楠追着余晓雪跑了出去，苏琦也从来没想过她会出什么事故，可没想到，事情居然就那么发生了，还那么猝不及防。

前阵子还生龙活虎叫自己姐姐的人，突然间就这么没了，苏琦心里觉得惴惴，更何况她一直还挺喜欢那个乖巧听话的妹子的。

刚好苏零到了眼色，苏琦拿着手机追了过去，把报道搁在他的面前："余晓雪死了，这事你知道吗？"

苏零眼皮陡地一跳，吃惊地说："余晓雪？什么时候的事？"

"也就是前阵子，5月6号……"苏琦挠了挠脑袋，"我怎么觉得那天好像她来过这里？"

苏零点了点头："就是那天来的，王嘉楠也来了。"

有什么想法在苏琦脑海中电光石火地形成了，但那个稍纵即逝的念头，立刻就被她给否定了。

“你说，王嘉楠和余晓雪的事情，会不会有什么关系？应该……不会的吧？”

苏零的神情更凝重了，他像突然想起什么来似的说：“姐，我说一件事你不要太吃惊，前天有人约了王嘉楠去飙车，可他没有出现。我听几个和他玩得好的人说，他好像是进去了……”

“你是说，王嘉楠被抓进去了？因为余晓雪的事情吗？”

“我也只是猜测，你想想，那天王嘉楠追着余晓雪出去了，之后的几个小时我们也没见着他们，很有可能王嘉楠被叫去协助调查了也说不定。”

也怪不得苏琦会对余晓雪的事情这么关注，一条花样年华的生命消逝了，余晓雪昔日的同学和朋友都自发地在网上追悼，扼腕叹息一条年轻鲜活生命的悄然逝去。

几天后，余晓雪家给她办了一个小型追悼会，苏零去了，苏琦也跟着去了。可是事情却远比苏琦想的更加惨淡。

她从来没有想过，一个人的消逝，给自己身边最亲的人所带来的冲击，有那么浓烈，就像昔日的所有不再重复的时光已然走远，而你已经看不清那个人，你只能拼命地靠想象来惦念那个人，直至……世界上的最后一个人都再也记不起那个人，那个人才算是真正地死了，永远地死了，消失了。

所以，在还有人记得这个人的时候，对于那些记得他的人来说，是一种多么难以言喻的伤害。

追悼会上，余晓雪的照片就那么孤零零地挂在大厅，她的爸爸头发银白，脸上全是哀伤的神色，她的妈妈哭成一个泪人，不止一次地昏厥过去，醒过来又是一直口齿不清地念着："我家的晓雪啊，她是那么乖，那么听话的一个孩子……她生前没有疾病，她还那么健康，也才刚过十七岁生日，怎么可能说走就走？晓雪啊晓雪，妈妈不活了，妈妈去陪你啊……"

追悼会办得很仓促，也没有太多华丽的布置，参加的大多是余晓雪的同学和老师。临走的时候，苏琦看见余晓雪妈妈拉着老师的手，一把眼泪一把鼻涕地说："我家的晓雪，她是被人害死的，她一定是被人害死的，她死得不明不白啊！"

"晓雪妈妈，你要保重身体啊……"

老师也不知道低头和余晓雪妈妈说了什么，随后又来了一拨人，都穿着黑色得体的西装，系领带，姿势从容得不能再从容，手上拎着什么，像是一皮箱子钱的样子。

苏琦恰好从他们身边走过，听见老师压低了声音对余妈妈说："这是王嘉楠家属的一点儿心意，那天晓雪是嘉楠看着没了的，按照嘉楠爸爸的意思，这是给你们的一点儿补偿……"

余爸爸脸色黑得像能挤出墨水来："他们家这是什么意思？这是给我们的补偿，还是我们家晓雪的卖命钱？我们不要，坚决不要！那孩子叫王嘉楠是吧？我不会让他好过的！我要他偿命！"

老师尴尬极了，但还是竭力说："这事也还没下定论，虽然孩子没了，可是你们家属还是要看开一点儿，生活还是要继续的嘛。"

余妈妈哭号着冲过来，拿起那个箱子用力甩在了地上："什么叫没下定论，我家晓雪还躺在那里，她的死状极惨！口吐白沫，七窍流血，孤零零地躺在那个街角旮旯里！你们能让晓雪回来吗，这些钱能让她回来吗？你们能代替她所承受的伤痛吗？你知道吗，我现在闭上眼睛都是她凸着双眼，死不瞑目的样子！在那个时候她是有多痛苦多难受啊！我的晓雪，我的孩子啊……”

余妈妈号了一会儿，激动得眼前一黑，再次晕了过去。一群人又是手忙脚乱地扶她回去，苏琦躲在后面，看到余爸爸把老师和王嘉楠家属代表给赶了回去。

回去的路上，苏琦骤然问了苏零一句：“你刚才有没有进去看看……余晓雪？”

苏零耸耸肩，有点儿咋舌：“没敢看，那不是瘆得慌。”

苏琦淡淡地吐出一个烟圈，很久才说：“我刚看了，她的眼珠子，是凸出来的。”

第四章

遮盖在坟山上的是青色的荫，
墨色的翠

[1]

苏琦看见余晓雪躺在一片灰白色的泥泞地面上，衣襟半敞开，下摆被撕开了一个大口子。双眼瞪得大大的，脸色苍白，唇边满是溢出的斑驳鲜血。

她就那么躺在路边，一动不动，像一个被人玩坏了就随意丢弃在路边的破败娃娃。

“余晓雪……”

苏琦想跑过去，想叫住她，可是喉咙像是卡住了似的发不出声音，全堵在了嗓子眼。而她和余晓雪之间仿佛形成了一个透明的屏障，她可以看见余晓雪，却没办法走过去救余晓雪。

街道两旁空荡荡的，没有人，没有风，只有一丝微弱的灯光。残漏的余光照在余晓雪泪迹斑驳的脸上，更让人觉得触目惊心。

“有没有人，有没有人可以救救她？救、救命——”

苏琦呜咽着叫喊，潜意识里觉得余晓雪已经没救了，可是她却帮不了余晓雪，救不了余晓雪，她眼睁睁地看着余晓雪躺在冰冷的地面上，却什么都做不了。

一阵风吹过，像是屏障被打破了，有一股奇怪的力量在苏琦的背上推了一把。苏琦踉跄了几步，差点儿没站稳，耳边听到的却是厉声的叫唤。

“快跑，他们来了！”

他们？他们是谁？

苏琦满脑子的疑问，脚下却不由得迈开步伐跑了起来，跑了几步，巷子口那边忽而传来了一阵脚步声。

“她在那里！别跑，我们要追到你了！”

“陪我们玩一会儿啊！”

苏琦耳边断断续续听见后面一群人的追赶声，她不敢回头，也不能回头，前面只有一条漆黑的路，没有其他方向，她只能往那个永无尽头的黑漆漆的洞口跑去。

“我们追到你啦！还想往哪里跑？”

“你们要做什么？啊——”

有衣服被撕裂的声音，还有男生哄堂大笑的声音，苏琦停住了脚步，才发现那群人追的竟然不是她。

是余晓雪！

原来刚刚一直提醒她要往前跑的人是余晓雪！

苏琦想转身回去，却发现全身都被定住了，她没有办法回头，只能听见那边欺凌的声音一直在耳边响起。

“不，不要！不要这么对她！”

一种无助而又绝望的情绪捕获了她，只能听着，却什么都做不了，苏琦捂着耳朵，不想去听，那些声音却一直往她耳朵里钻。

不知道过了多久，仿佛一切都静止下来。

就在苏琦将将要醒过来的时候，有人在她耳边轻轻叮嘱了一句——

“快点儿藏起来呀，他们要发现你了。”

这把声音伴随着一股冷风，往苏琦耳朵里吹。她打了一个激灵，彻彻底底地惊醒了过来。

他们，他们到底是谁？

苏琦坐了起来，这才发现，刚才她所经历的一切都只是一个梦。

那些细碎的声音、追赶的人群，还有躺在那里的余晓雪，都只是一个虚无梦境而已。

是因为她白天去见了余晓雪，才会做这样一个梦吗？可是梦里那把警醒她的凄怆的声音，又代表了什么？

是不是余晓雪有什么想要告诉她的，比如要小心王嘉楠这件事情。

时钟指向半夜三点四十五分，夜沉如水，周围的一切像是虚假的，又像是真实的一样。她已经分不清什么是真的，什么是假的了。

苏琦脑海乱糟糟的，却又找不出头绪来，只能自己抱着自己，夜凉如水，这个晚上恐怕她再也睡不着了。

[2]

昨天晚上睡得不好，苏琦的眼底下一片脉脉的浅青色。她本想等着眼色早点儿打烊好回去睡觉的，没想到时运不济，那天生意出奇地好，提前就有人包了场子，又定了好多瓶酒，看样子不闹个一整晚是不会离开的了。

苏琦正耷拉着头在吧台后补眠，抬起头就看见一群人簇拥着王嘉楠走进了眼色。

王嘉楠一副大摇大摆又扬扬得意的样子，看到苏琦，还志得意满地吹了个口哨。不知道是不是因为冷气的缘故，骤然看见他，苏琦忍不住打了一个激灵。

苏琦慌忙跑去问苏零："王嘉楠，他怎么出现了？"

苏零调了调吉他的弦，随意拨了一个和弦，低声说："警方调查了一番后，就把王嘉楠给放了出来。听说是昨天刚放出来的。"

"这是怎么回事，余晓雪那事，就这么过去了？"

"说是意外事件。"苏零哼了一声，满是鄙夷，"王嘉楠出来后一直嚷嚷自己是冤枉的，今天过来就是一大群人给他接风洗尘的。"

苏琦恍然大悟，一拍桌子："他是想闹得全世界都知道啊！"

不一会儿，一群人坐得满满当当，酒送上去了，小吃也摆上去了。

有人吆喝了一声："今天晚上给楠哥庆贺，大家干了！"

王嘉楠一口喝了手里的酒："别提了，在里头都把我憋坏了！吃也吃不好，睡也睡不好，还每天一个劲儿地问问问，烦都烦死了！"

"楠哥，我祝你恢复自由身……"

话音未落，那人脑袋就被人拍了一下，打人的人嘴里骂骂咧咧的："话都不会说，什么恢复自由身，楠哥这是被冤枉的！这是'沉冤得雪'呢！"

"我说这是大难不死，必有后福！"

"哎哟，老三你成语还学得挺不赖啊！"

"哈哈哈……"

一伙人喝酒的喝酒，猜拳的猜拳，嘻嘻哈哈闹成了一团。几瓶酒下去，王嘉楠早就被人灌得晕头转向了，瘫在沙发上，手里摇晃着酒杯，看着杯里流动的褐色的液体，自顾自地说："那个妞儿，自个儿吃了感冒药又喝了酒，突发心脏病猝死了，关我什么事？我这是运气不好，才被拉过去一通乱问，还被关了好几天，都晦气死了！你们一个个以后嘴巴都给我闭紧了，别乱给我嚼舌根，谁再给我提这事，惹我不高兴，我也要让他不高兴！”

恰好苏零唱完了歌，从台上走下来。王嘉楠起身，拿着酒杯摇摇晃晃地走到苏零面前：“苏零，今天晚上我心情好，咱们来喝一杯！来，干杯！”

“心情好？”苏零冷冷地扫了他一眼，“好端端的一个同学，突然间猝死了你就这么开心？”

“这是两、两回事。”王嘉楠打了个酒嗝，很不以为意地说。

苏零指着地上的瓷砖：“几天前你不是在这里，口口声声说喜欢她吗？”

“女人嘛……”王嘉楠脸上有着喝酒的潮红，“女人如衣服，你该不会今天穿的和昨天穿的，是同、同一件衣服吧？我想换身衣服穿，怎么了？”

“哈哈哈，楠哥说得是！”

“楠哥，来我们再喝一杯！”

王嘉楠摇摇晃晃地往其他桌去了，苏零把吉他搁在吧台上，狠狠地端起酒杯一饮而尽。

苏琦皱了皱眉头：“哎，这是客人点的伏特加……”

酒有点儿烈，灌进喉咙里又凉又涩。苏零用食指和拇指捏着酒杯：“姐，不就喝了你一杯酒，这么小气？”

苏琦没来得及说什么，程池倒是走过来说：“没什么，就当我请他喝的。”

“又是你？”苏零盯着程池看了一会儿，说，“你怎么这么眼熟？”

程池扫了一眼在吧台后调酒的苏琦，淡淡地说：“我是你姐的朋友。”

苏琦倒是听见程池在说什么了，心里暗暗骂着他不要脸，自来熟！不就是经常来这里喝酒的交情吗？谁和他是朋友了，真会给自己脸上贴金！

反而是苏零来了兴致，捅了捅程池，没来由地问：“你想追我姐？”

苏零耸耸肩，不以为然地说：“你看，我姐就是一母老虎，凶着呢！你要是想追她呢，就要比她更凶……哦，我记起来了，你是拳师！那你肯定能打赢我姐！”

苏琦正擦着酒杯，一下揪住了苏零的耳朵，其实她不过是做做样子，亏得苏零还一个劲儿地喊：“好了好了，我不开玩笑了。姐，放手。”

见苏琦还生气，苏零居然火上浇油地喊了一句：“姐夫，救命啊！”

苏琦哼哼着放了手：“苏零，你乱说什么呢？”

苏零站定了，又嗤了一声：“至于吗？我不就是今天晚上郁闷坏了，开了下玩笑。”

说完后，他又趁着程池不注意，朝着苏琦又是眨眼睛，又是挤眉弄眼的：“其实我觉得程池哥挺好的，又高又帅，还会打拳，多有型啊！你跟他在一起肯定不会被人欺负。”

苏琦拍了一下他的肩膀：“你还是自求多福吧。别老是去招惹一些乱七八糟的人，又把烂摊子留给我收拾。”

苏零两只手交握成拳，捏得咔咔响。

“要不是今晚你在，我早就动手了……你是不知道，我今晚看他特别不顺眼。你看他幸灾乐祸个什么劲儿，一股人渣味儿，把我给郁闷坏了。”

程池冷不丁问：“你没喝他的酒吧？”

苏零接腔："哪儿能啊，他的酒也有一股人渣味。"

本来只是在插科打诨，程池反而十分严肃认真地说："你啊，还是多听你姐的话,以后少和王嘉楠那群人联系,他们给的东西碰也不要碰。"

苏零扔了一颗花生米，又仰起头，很快地衔住了，看着程池说："你这么快就帮我姐说话了？行啊，未来姐夫！"

苏琦的眼风也徐徐飘了过去："你认识他们？"

程池没说什么，不置可否地摇了摇头："不认识，只是打拳的人多，听来听去，觉得他们不简单而已。"

"那行。"苏零有意给苏琦和程池创造条件，假装打了个哈欠，长腿一迈，"你们聊，我先走了。"

程池看着苏零的背影，感叹："你这个弟弟，一副天不怕地不怕的样子，迟早要惹事。"

"惹事？"苏琦撇撇嘴，"他长着两条腿，我又不能绑住他。"

程池紧皱着眉头说："总之你一定要把苏零给看紧了，千万不要让他乱跑，特别是不要和王嘉楠那群人玩在一块儿。"

苏琦倒是听出一点儿意思来了，把胳膊搁在吧台上："你对王嘉楠有偏见？"

"能这么快就被放出来，王嘉楠那群人的背景十分复杂……不是你所想的那么简单。"

苏琦抬杠："你到底知道什么？"

程池抬起眼："你在探听什么？"

"莫名其妙。"苏琦来气了，"不是你让我小心他的？"

半晌，程池摩挲着杯沿，眼神复杂："王嘉楠那群人，很脏。"

"很脏？"

苏琦还是第一次听见有人这么形容人的，不是帅气逼人、倔强任性、老实耿直，或者坏事做尽、罄竹难书，而是……脏。

她嗤之以鼻："又不是去泥地里玩，还脏哪？"

"就是泥地。"程池毫不掩饰地说，"王嘉楠是一个泥潭沼泽，在他身边的人，迟早都要被他拉下去的。"

苏琦有点儿悻悻的。虽然她和程池认识的时间不长，只知道他偶尔来眼色，点一杯伏特加或者小苏打，坐一阵子就走。但是那天晚上她却突然很笃定地觉得，程池一定是知道点儿什么。

更重要的是，苏琦相信，程池说的一定是真的。

[3]

余晓雪的死不过是茶余饭后的点缀，只占了报纸一处很小的角落，很快就被人们抛到脑后。而后王嘉楠那群人好像也消停了不少，很少再在苏琦面前出现。

苏琦决定趁着这个时候找苏零好好地谈一谈。

苏零组了一个乐队，几个人在东郊合伙租了一小间地下室，还起了一个文绉绉的名字叫零感乐队工作室，平时没事的时候就过去那边吼一吼。

苏琦下班后直接去了工作室，苏零给她额外配了钥匙，打开工作室的门，苏琦惊呆了。

她看见了两个纠缠着的身影。

凌乱无比的架子鼓、键盘前是一张陈旧的沙发床，而苏零就在那张沙发床上，和另一个女的抱在一起，嘴对着嘴啃得浑然忘我、气喘吁吁，场面热烈，让人血脉偾张。

苏琦咳了咳，苏零已经眼疾手快地把扔在沙发上的上衣拿在手里，稍微在女伴身前挡了挡，但还是挡不住那呼之欲出的春色。

那个女伴显然也有点儿措手不及，啜泣着伏在苏零胸前："不是已经锁门了吗，怎么还有人来？"

苏零没好气地说："我姐有钥匙！"

看着这个场面，苏琦有点儿没反应过来，扶额："苏零，这是怎么回事？"

而后，她对上苏零抱歉的眼神："姐，你可不可以先出去一下？"

五分钟后，苏零和那个女伴打仗一样穿好了衣服，在沙发上坐得规规整整的。

苏琦讪讪地进了屋，这才看清楚那个女伴的脸——大眼睛，尖下巴，长直发。

苏琦惊呼："谢依云？"

苏零钩了钩谢依云的脖子，朝她明朗一笑，眼神飞扬："姐，她现在是我女朋友了。"

苏琦有点儿哑然："你们俩……在一起了？"

因为苏琦是苏零的姐姐，谢依云有点儿不好意思，总感觉是见家长似的。她羞涩地点点头，算是表态了。

她又指了指苏零的衬衫，扑哧笑了："你扣错扣子了。"

"哎哟！"苏零一拍脑袋，"姐，咱们先说好了，别笑话我啊……"

苏琦有点儿凌乱："等会儿，你们先让我理一理头绪。"

说起来，苏零还是通过苏琦才认识的谢依云，苏琦曾经无比迷恋过学校里一个男的，名叫肖林奇，还很是热火朝天地倒追了一阵子。可惜人家不买账，苏琦通过肖林奇在学校的小妹盛夏口里得知，肖林奇喜欢的是一中的谢依云。

苏琦觉得没意思，自己先放下了，可没想到，肖林奇没追到手的谢依云，居然和苏零在一块儿了。

这关系乱得……

苏零把双手在苏琦面前晃了晃："姐，出什么神呢？依云下周开生日会，让我们过去玩呢。"

苏琦一口答应了下来。

谢依云脸皮薄，坐了一会儿就要走了。苏琦暗搓搓地对苏零说："我告诉你，谢依云是我好姐妹，你可不能欺负她。"

苏零十分委屈："姐，你看眼色的女孩子那么多，我看过谁一眼了？"

苏琦想想也是，又狠狠地捶了他一拳："人谢依云多漂亮，便宜你小子了！"

"姐，我还是不是你亲弟弟啊？"

苏琦撇撇嘴："谢依云可比你顺眼多了。"

苏零哀号："没天理啊……"

谢依云在旁边捂着肚子，笑得咯咯响。

虽然生活是惊喜，有惊有喜，可没想到，生日会那天，还是出了岔子。

苏琦和苏零骑着高低摩托车去的，去的时候就引起了好一阵轰动，苏零又在场上唱了一首歌压轴。

让苏琦意想不到的是，谢依云的爸妈早就把她和苏零两个人的底都摸清了。

后来，苏琦很嘲讽地想了下，发觉他们和谢依云那群人不同，她和苏零两个人离经叛道，可谢依云和盛夏那群人，乖巧地听爸爸妈妈的话，循规蹈矩地上高中考大学，生活得平平坦坦。

盛夏的妈妈就曾经因为她去他们家后，家里失窃而向学校告发是她偷东西。原因居然是因为她是个痞里痞气的坏学生。

可想而知，像谢依云那样的家庭，不让谢依云过多地和他们姐弟俩接触，已经是最大的仁慈了。

为了苏零，谢依云和她爸妈在生日会上争吵了起来，苏零脾气硬，气冲冲地带着谢依云从生日会上走掉了。

生日会没了寿星，谢依云的爸妈那眼神简直是要把苏琦大卸八块。

可苏琦的心里却没来由地挺乐呵的。

她突然间发觉自己……居然挺喜欢这种破坏性的举动。或许因为她和苏零身体里，都流着同样的离经叛道的血液吧。

生日会那天晚上，苏零很晚才回到宿舍里。

苏琦站在楼道里抽烟，看见苏零把摩托车熄火，走上楼道来。

“你和谢依云去哪里了？”

窗外风很大，吹起了苏零的外衣。他浑身都是冷的，口气也是冷的。

“那生日会太闷，我们去别的地方吃饭了。”

苏琦“哦”了一声，没太在意。或许她在心底总觉得苏零和谢依云不是一类人，他们现在还年轻，爱得烈火烹油、死去活来，可是总有一天会分开的吧。

苏琦把烟蒂按压在楼道盆栽的泥土里，手指上都染了香烟气息：“我说，你能不能硬气点儿，人家爸妈看不起我们，你还认死她一个人？”

对苏琦来说，天涯何处无芳草，何必非在一棵树上吊死。更何况苏零，在眼色里还是有很多女孩子追捧的，既然人家父母看不上，犯不上自己上门去给人践踏尊严。

可让她意想不到的是苏零的回答。

“姐，我就认定她怎么了？这辈子我死也要和她在一起。”

无比坚定。

[4]

在眼色的时间总是过得飞快，每天伴随着开店、打烊，毫无波折的生活又被新鲜的事情掩埋。几天后，更可怕的现实灾难片《高考》在整座城市上映了。这是所有十八岁人的成年礼，在那三天里，哀鸿遍地，惨绝人寰。

但这样惨烈的事情，总有“幸存者”侥幸逃过。尽管苏琦今年刚好十八岁，但高考已经不是属于她的高考。她老早就肄业了，连毕业证书都没一张。

苏琦压根儿就对高考不感兴趣，这段时间天气炎热，出来喝小酒的人特别多，眼色的生意别提有多好，人挤着人，连吧台都坐满了。

苏琦忙得晕头转向，快到十二点的时候，她在人群里看见皱着眉头找座位的高中同学肖林奇。

苏琦从吧台后拽出来一张凳子。

“坐吧。里头没位置了。”

肖林奇捂着耳朵对她吼着：“我不是来喝酒的，我是过来找你的。”

苏琦没听清楚，大声嚷嚷：“你说什么？”

话没说完，她手里还拿着一个调酒杯没来得及放下，已经被肖林奇一把扯了过去。

肖林奇双眼通红，把她堵在后门的巷口里，死死地盯着她：“说吧，苏零到底去了哪里？”

“苏零？他不在店里？”苏琦简直莫名其妙，“你找我干什么，我又不知道他去了哪里，想找他直接打他手机呗。”

“他的手机已经关机了。你是他姐会不知道他去了哪里？”肖林奇的眼里简直要喷出火来，“苏琦，我实话告诉你，我已经找了他一晚上了，他是不是带着谢依云跑了？”

“你什么意思？他带着谢依云跑了，谢依云今天不是在一中参加高考吗？”

“我和她同个考场，她压根儿就没去！她家里人现在疯了一样找她！”肖林奇咬牙切齿地说，“你现在知道是什么情况了吗？谢依云没有去参加高考，她从考场上跑了，失踪了！”

“你是在怀疑苏零带着她跑了？这怎么可能？！”苏琦失笑，仿佛在听着天底下最好笑的笑话。

任谁都知道，高考对于谢依云那样的优等生，意味着什么。

谢依云可和他们不一样，她读的是全市最好的高中，她有最美好锦绣的前程，她的未来有很多的可能性。更何况，自从上次生日会后，谢依云的爸妈看见苏零就好像躲瘟疫一样，更是对谢依云严防死守，连家门都不许她迈出去一步。

“我没空和你兜圈子。”肖林奇揪着她的衣领，“你现在能不能告诉我，苏零到底去哪里了？”

“我不知道。”

“他没告诉你他去了哪里？”

“他今天没来唱歌。”

但也不过是一个晚上缺席而已，临时有事没来很正常，找个人补上就是了，没人觉得有什么问题。

肖林奇的眼里满是怀疑："你没骗我？"

苏琦失笑了："他今晚有没有来，眼色的人最清楚了，你可以每一个都去问一下。"

事实上，今天她也打了好几通电话给苏零，找不到人。但她也没觉得有什么问题。苏零一直都是挺情绪化又特立独行的一个人，他不想被你找到，你就绝对找不到他。

肖林奇很失望地放下了手，眼神暗淡："我去别的地方找找，要是你有他的消息，你一定要告诉我。"

苏琦朝着他的背部说："谢依云她……真的对你很重要？"

"呵……"肖林奇愣了一下，很快说，"苏琦，世界上总有一个人是你想拼尽全力保护的。"

"即使她已经和别人在一起？"

肖林奇出奇地认真。他指了指自己心之所向——心脏的位置，说："那个人在这里，一点儿委屈也不能受。"

苏琦有点儿头疼，她没有回眼色，而是沿着巷子口走到旁边的员工宿舍楼里。

说是员工宿舍楼，其实不过是眼色的老板租下了旁边一排旧房子改造的。天气热的时候潮湿，天气冷的时候阴冷，宿舍间很小，晾衣服都不方便。

因为她的离家，苏零跟着她在这个地方住了好几个月。

半夜十二点半，苏零的宿舍没人，所有的东西摆放完好，甚至连昨天换洗的衣服都在。

苏琦坐在他的床边，掏了好几下才把兜里的手机掏出来。

——你在哪里？有没有和谢依云在一起？

她编辑了好几次，都不知道要写点儿什么，想到最后还是照实发了过去。

苏零没有回复。

她又发了几条信息给谢依云，依旧石沉大海。再打电话过去，两个人的手机都关机了。

事情在默默地发酵扩大，等到高考完那天，苏零都没有出现。连眼色的老板都来问过了，问苏零什么时候回来？

苏琦自然又是无言以对。

刚走出眼色，肖林奇又来堵着她。尽管苏琦已经三番五次地告诉他，她不知道苏零的消息。可肖林奇还是认定了，苏零不会这么一走了之，就算是走，也一定会和苏琦联系。

肖林奇也不做别的，就是一直跟着她。

“我说肖林奇，你能不能别这样在我面前晃了？”

“我等到你开口告诉我他们的消息。”肖林奇的声音嘶哑，看起来很多天没好好休息了。

苏琦瞪大眼：“你发什么疯？”

肖林奇扯了扯嘴角：“谢依云已经失踪了三天了，说句实话，我现在反而希望她是和苏零在一起了。这样她起码能安全一点儿。”

苏琦很嗤之以鼻地说：“肖林奇，你真没骨气。”

说完这句话的时候，苏琦的手机突然响了一下。

是短信音。

苏琦掏出手机来看，是一个陌生电话号码发来的短信。她以为是垃圾信息，没太注意，再瞥一眼，却整个人都呆住了。

——姐，我们走了，不用找我。

她拿着手机对肖林奇说："你如愿以偿了。"

肖林奇拿着手机看了一会儿，又匆匆记下手机号码，失魂落魄地走了。

过了不知道多久，盛夏流着泪来了，一开口就是问谢依云在哪儿。

"肖林奇告诉你的？你高考完了？"苏琦吸了一口烟，定定地看着她，"盛夏，你觉得我们这样的交情，我会故意不告诉你吗？"

盛夏的眼眶一下就热了。

苏琦看见她抖着嘴唇，想说什么，又很无力的感觉。她都替盛夏觉得累，夹在两个朋友中间的感觉，大概很不好受吧。

寂静的夜，晚风无比凄凉。苏琦站在那里，仿佛被整个世界遗弃。

她最近一段时间吸的烟，比她之前加起来的都多。原本她以为她还有一个相依为命的弟弟、有个暗恋的对象，还有一群挺要好的朋友，现在却突然觉得什么都没有了。

苏零、肖林奇、盛夏、谢依云……通通都离她而去。

什么也没了。

[5]

有些事情，总是盘根错节得叫人害怕。

苏琦提供的陌生号码没能让肖林奇找到谢依云，却让谢依云的家人像蜜蜂闻见花蜜一样找上了眼色。

苏零不在了，他父母不管他，他总还有一个一起生活工作的姐姐。

谢依云的爸妈因为这个原因赖上了苏琦，叫上了一班人来眼色闹得鸡犬不宁，生意都没法做，又指着苏琦的脊梁骂，叫骂声一整条街都能听得见。

"她家的人拐走了别人家的闺女，现在弟弟跑了，姐姐也不认账了！"

“弟弟把人拐跑了，都不知道是不是姐姐教唆的，毕竟她以前还偷过东西呢！”

“我们来找闺女，天经地义！你今天不把我闺女交出来，我们也不会放过你！”

谢依云的爸爸在北京城有点儿小钱，老板也奈何不了他，只能给苏琦放话：“你今天之内就必须把事情给我摆平了。要是眼色不能开张，你也给我卷铺盖走人。”

苏琦本想躲在后门，现在连躲也不能躲了。

她试图解释自己根本对苏零的事情毫不知情。

可没有人相信她。

因为她和苏零一起去谢依云的生日会，又一起在眼色工作，所有的人都把他们看成是一伙的。

众人七嘴八舌，把苏琦围了起来。

“你弟弟的事情，作为姐姐的你怎么会不知道？”

“我看啊，弟弟能做出这种事情来，他姐姐也不是什么好货色！”

“你说不说？”

苏琦只觉得耳朵里闹哄哄一片，所有人的嘴巴都在四周迅速地开合。这些人不是地痞无赖，不是揩油的坏男人，他们是因为女儿不见了过来找她要说法的，而她的弟弟确实把人给带走了。

她没办法去打去争，只能咬牙认了。

苏琦迷茫地看着这群人，微微开了口：“我不知道他们在哪里……”

有人从后面踹了她的腿一下，苏琦再站不住，跌坐在地上。又有人把她身体扳正了，让她跪着。

“把人交出来！”

“把你弟弟交出来！”

苏琦红着眼跪在地上，硬是没开口。

“啪！”

有个女的从人群里走了出来，猝不及防给了她一记耳光，是用尽全力地在打，打得苏琦差点儿一个踉跄伏在地上。她仰起头，脸上是五个若隐若现的手掌印，火辣辣地疼。

谢依云的妈妈声音都在颤抖，歇斯底里地说：“那天生日会上，我看你们姐弟俩就是不安好心的，你们就是故意想把人给带走的！我严防死守了整整一个星期啊，没想到居然被你们在高考前把人掳了去，我辛辛苦苦培养了十八年的女儿，说走就走了，你们撺掇别人不参加高考，还是不是人？”

苏琦吞了吞口水，她听见口水咕咚的声音，喉咙里干涸一片，她嘴巴张合，说出来的话连她自己都不敢置信：“……是我的错。”

一定是她的错，是她没有在之前就看出苏零想要把谢依云带走的决心，没有看出谢依云乖巧的外表下那狂野不羁的内心。她没有事先阻止苏零，才会导致这场惨剧。

在谢依云的亲属面前，苏琦低下了她的头。

“阿姨，我没看好苏零，是我的错。”

谢阿姨又甩了一个耳光，抖着声音：“你把我女儿还回来！就算还回来了，你还能赔她一次高考吗？”

“对……对不起。”苏琦嘶哑着声音。

“现在说对不起还有用吗？”

谢阿姨还要再打，手臂却被人抓住了。

苏琦双手蜷紧，嘴紧紧地抿着，眼里的光芒渐渐暗淡了。其他人围在她的身边，不时地推搡、咒骂。程池赶过来的时候，看见的就是这么一番场面。

其实她和她那个弟弟一样，一直是孤高冷傲、从不低头的人，可现在却跪在地上，成为众矢之的？他的心里一阵抽疼。

谢阿姨厉声道："你是谁？"

程池沉声说："苏零叫我一声姐夫，要打就打我。"

程池的话犹如一颗小石子投入波心，泛起了阵阵涟漪。谢阿姨有点儿吃惊，倒是停了手。其他人也议论纷纷。

"什么时候听说苏零有个姐夫的？"

"真的是他姐夫？"

程池站在苏琦面前，高大健壮的身影遮住了她的视野。苏琦半跪在地上，恍惚的她生出一种错觉，仿佛程池的背就是一面可以遮风避雨的墙，帮她抵挡掉外面的血雨腥风和所有惨淡往事。

"如假包换！"程池接着说，"她如果知道苏零在哪个地方，又怎么会任由你们这样欺负？而你们，心里也明白得很吧。只不过是找借口宣泄你们的不满和愤怒而已。这样欺负人，算什么？有种冲我来。"

苏琦抬起眼，看见他指了指自己的肩膀："打这里。"又指着自己的腰腹部，"打我啊，打啊。"

程池身形高大硬朗，手臂粗壮，背部厚实，又穿着盛世拳馆的外套，其他十几个人看着他，谁都没有先一步动手。

"既然没人想打，那我们走。"程池扶起苏琦，苏琦跪得太久，着急起来竟又踉跄了一下。下一刻，程池把她整个人拥入怀里。

程池应该是闻讯从拳馆里急匆匆跑过来的，她听见他心脏咚咚咚跳动的声音，闻见他身上的汗味，那味道不刺鼻，很安心。

程池架着苏琦离开，走了几步又回过头说："你们听好了，下回再出现在这里，我们拳馆的人指不定会做出什么事来。要是各退一步，有了苏零的消息，我会第一个告诉你们。"

众人哑口无声，但应该是已经默许了程池的建议。只有苏琦，躺在他怀里，闷声哼哼了一句："……不要脸。"

程池大步走出眼色，低下头说："什么？"

"谁说你是苏零的姐夫了？"

程池有点儿委屈，一个大男人，竟然低声下气的："刚才那么多人在，你没反对，我当你同意了。你这是又反悔了？"

苏琦："……"

"要是你不同意，我再把你给送回去，你看成吗？"

"滚！"

苏琦转过头，下巴却被程池捏住了。程池突然低下头，无比认真地盯着她的嘴。

苏琦心跳加速，抬头和他对视："你看我干吗？"

程池点了点她的下巴说："你流血了。"

苏琦的心跳又慢了两拍，如果程池不是这么说的话，她还以为他要吻她。

[6]

偌大的练拳室，只听见苏琦的抽气声。

刚才没注意，等到回来的时候，程池才发现苏琦的下巴一直在流血，伤口长且深，细肉都卷起来了，伤口上裹着细密的血珠子。

苏琦对着练拳室的镜子说："应该是被戒指刮到的。"

“别看了，我给你上药。”

程池拿了一个药箱子，还好拳馆里什么都备着，他胡乱地拿着红药水点在伤口上。

动作太重，苏琦嘶了一声：“……轻点儿。”

程池懒懒地说：“没事，毁容了我娶你。”

“程池，我原来怎么没发现你这么口无遮拦呢？”

程池看她一眼：“你没发现的事情还多着呢。”

这是默认他口无遮拦了？苏琦转过头，露出精致的额头和脖颈。

“嘁。”她在心里说。

“你那个弟弟，我说了他迟早会惹事。”

“我没想到他会这么冲动，直接就把人给带走了，什么消息都不留。”苏琦摇了摇头，说，“算了，现在说什么都没意义。要是被我找到了，非狠狠揍他一顿长长记性不可。”

“你平常就这么教育他的？这件事他做得不地道，但有一句话他是说对了。”

“什么？”

“让我做他姐夫啊！”

“死不要脸的。”苏琦脸上一臊，腿下一扫，一个下盘腿扫到了程池身上。

苏琦这一个扫堂腿迅雷不及掩耳，就连程池也着了道，他往地上一摔，“哎哟”一声捂着自己的脚脖子。

程池咬牙切齿：“没想到你真有两下子？以前学过？”

苏琦颇不以为意：“怎么，还站不起来了？”

“脚扭了。”

苏琦轻轻踢他一脚："别装了，快起来。"

"真的扭了。"程池努力地想要站起来，一个不小心，身子一歪，又倒向苏琦身边。

"你干什么？"苏琦伸手去推，没想到身体一轻，骤然被程池给提了起来，再然后整个天花板都倾倒过来。

程池给了她一个狠狠的过肩摔。苏琦倒在软垫上，半天没缓过来神。

"程池，你浑蛋！"

程池顺势一倒，也倒在苏琦旁边的软垫上。

"兵不厌诈。"他说。

"哦，是吗？"苏琦嘴上这么说，猝不及防地出手攻程池的下盘。程池被打得措手不及，只能贸然伸手去挡。苏琦凌厉的下一招又袭了过来。

程池身上冒出了汗，不过是逗着她玩，她居然还认真了。

两个人又斗了好几招，就在苏琦击出一拳的时候，程池顺势拨开苏琦的手，拆解了她的攻击，又抱着她在软垫上滚了好几下，方才停下来。

打得太过入神，两个人都气喘吁吁的，程池的汗滴下来，落在苏琦的脖子上，她伸手去擦，余光看见程池双手搁在她肩膀两侧，撑在她上方。

程池盯着苏琦刀琢的眉，精致的眼。

有风簌簌吹过拳馆的窗口，风铃发出清脆的叮咚声。

拳馆上面挂着的沙袋因为他们的动作而摇摆，幅度渐行渐慢。

时间像是放慢了，苏琦第一次听见时钟嘀嗒嘀嗒的转动声，忽而十分霸气地伸手钩住了程池的后脑勺，嘴唇贴上去。

谁知程池刚好低头，去势太快，两人牙齿磕着了牙齿，苏琦被撞得眼冒金星。

苏琦愣了半晌。

在她的角度，能看见他下巴上滚落的剔透的汗和微微滚动的喉结。

程池却勾起了嘴角，她的触感比他想象中要好很多，不是软软的，却温热。

不够，还想要更多，他低下头，不再满足于浅尝辄止，铺天盖地地啄她的嘴角。

“才不是这样的……唔……”苏琦气息紊乱，气结：还啄呢，他当他自己是小鸟吗？

他两臂的骨头硌得她生疼，她想推开他，双手却被他单手拢住，抵在了头顶上。

粗糙的手指抚上她的唇，他轻轻吐出：“你喜欢我，嗯？”

他的声音醇厚好听，震得她的心扑通扑通一阵乱跳。

她点了点头，义无反顾地勾着他：“是的，总之我看上你了。”

他轻哂，这女人，还当真一点儿也不把自己当成是女人。

他的唇不依不饶地贴了上来，先是顺着她的唇细细研磨，而后慢慢地深入探究。舌尖一点一点地描绘着她的唇形，是菱形？楔形？平行多边形？

反正都是他想象中的美好。

他慢慢地探索，舌头像一条灵巧又温润的小蛇，不停地在她唇边钻，吸吮她的舌头。苏琦哪里遇到过这样的阵势，一开始还死死地抵着牙，在他的舌头碰到她的嘴角时，已经整个人都软了下来。

她不是没亲吻过，但是像今天这样慢条斯理地研磨，抵死深入，还是头一次。

难以想象他还有这样耐心的时候，舌头钻进她的唇齿间，他像一个士兵巡视边城那样，一个个轻点她的牙齿，又时不时退出去，噬咬她的唇瓣。

“唔……”她听见自己抖着唇，按捺不住发出的声音。

她想要分开，程池却又攻城略地，渐渐加大力气，吸吮她舌尖的柔软。他把她嘴里的空气都掠夺了，苏琦感觉胸腔都要爆炸了，只觉得脑袋里轰的一声，像是有烟花炸开。

苏琦觉得她应该是发烧了，要不然怎么会头皮发麻、喉咙干渴、双腿发软呢？

她一定是发烧了。

北国之森

2

第五章

喜欢是乍见之欢，
爱是处久不厌

[1]

“叮、叮、叮！”

裁判敲响了赛程的铃声，宣布：“中外散打友谊赛，现在开始！”

热火朝天的赛场上，群情激奋，纷纷看着场上一红一蓝两名队员。蓝色的那名金发碧眼，身高约一米九五，超大块头，肌肉一块一块都能数得出来，站在那儿像是一根柱子似的屹立不倒。由于身高优势，他不急不缓地站在那里，悠闲自在地挑衅着对手。

对面的红色队员硬朗健实，手握成拳抵在身前，脚下不停地变换着脚步。在身形上他有点儿吃亏，只能打节奏。

刚开始，两个人只是虚晃了几拳，你来我往，却都只是打在皮毛上，没有激起多大的水花。

这只是一开始的互相试探，热身阶段。

观众们摩拳擦掌，几乎像是自己要上场似的激动万分。

“上啊，杰森上啊！”

“揍他！揍他！”

“揍他！”

随着比赛的白热化，杰森渐入佳境，开始了凌厉的攻势。他先是攻击程池的下盘，等对方一时不察，突然抱着程池的头，用膝盖顶程池的腰腹部位置。

杰森的力量很大，不过两招，程池已经吃不住地摔在地上。

裁判判决攻击有效，比赛继续。

程池还躺在地上，杰森耀武扬威地在赛场四周环着走，又像人猿一样拍了拍自己的胸腹，嗷嗷地满场叫给自己打气。

像是一剂猛药打在赛场上，观众们打了鸡血一样地号叫。

“他是不是不行了？起来，快起来啊！”

裁判按着程池的手臂，一边看表，一边倒数：“十、九、八……”

按照赛制，如果十秒内程池还没有起来的话，就会被判定为输方。

场上还在倒数，苏琦坐在场边，一言不发，和其他亢奋的观众形成了鲜明的对比。坐在她旁边的是一个外国记者，背着照相机，一直“咔咔咔”拍个不停。

“你觉得谁会赢？”

在比赛的间隙，那名女记者操着一口不太熟练的中文问。

苏琦眼珠子转动了一下，毫不犹豫：“红的。”

女记者脸红了红：“噢是的，他长得很帅！”

苏琦抿着嘴，笑了。

她的笑容倒映在躺在地上的程池瞳孔中，就在裁判念到“三”的时候，程池深深呼吸，鲤鱼打挺似的站了起来。

外国女记者眼神发亮：“他起来了！”

杰森脸上表现出了不忿的神情，继续对着程池狠狠地出拳。

他的手劲大，出拳很快，体形上又占尽优势，带出了簌簌的风声。

“嗖……嗖……”

场上有冷风在吹，程池的步伐移动很快，不停地闪躲，而眼睛却紧紧地获取着杰森的动作，更多的是消耗他的体能。

杰森的动作在他的心里被分解，拆成一个又一个的招式，程池抓住一个空当，迅速转身，借助场上栏杆的弹力，飞身踹起一脚，速度极快。

杰森没有反应过来，被踢中，随后程池的拳头纷至沓来，一刻也没有停顿。杰森一开始还能抵挡几下，到后来体力不支，又陆续中了几拳，很快瘫倒在地。

“十、九、八、七……”

裁判继续倒数，只不过这次换了人。

“三、二、一！红队胜！”

裁判举起了程池的手臂。

外国女记者吹了个口哨，朝程池抛了个媚眼。恰好程池也看到这边来，女记者激动得手舞足蹈，对苏琦说：“他看过来了！你怎么知道他会赢的？”

苏琦低下头，在她耳边说：“他是我男人。”

也是她无往不利的战神。

[2]

苏琦随着人流走出赛场，手机就响了。

程池还兀自留在更衣室里，把手机夹在耳边，一手拆着护腕。

“你男朋友打得怎么样？”

苏琦嘴边衔着笑意：“一般般，还成吧。”

“评价这么低？”

“谁让你老是看着我旁边的女记者？”

“啊？你旁边坐了个女的？我怎么不知道啊？”程池觉得这回冤枉死了，又嬉皮笑脸的，“让我闻闻看，今天怎么这么酸？是谁打翻了醋坛子啊？”

苏琦站在门口，用手掐了旁边树枝上的一片绿叶，指甲在上面抠啊抠，按压出一点绿莹莹的汁液。

她说：“程池，你浑蛋！”

“我哪儿浑蛋了？”

苏琦继续蹂躏那片可怜巴巴的树叶。

“全身上下都浑蛋！”

“好好好……”

程池忙不迭地应着，脸上却是带着笑的。有爱的人，就连打情骂俏都是情趣。他的眼光漫过了旁边的奖牌，顿了顿，忽而说：“苏琦，我们结婚吧。”

苏琦手上的树叶陡然飘到了地上，她没出声。

程池说：“这次的奖金挺多的，我想成个家。”

苏琦魂飞天外，很久才找到自己的声音。

“好。”她说。

不需要唯美的婚礼，不需要华丽的礼服，不需要昂贵的钻戒，只需要淡淡的承诺，就很感人。

“你也不要去眼色调酒了，找一份简单的工作，或者不工作也行，我养你就好。”

苏琦静静地听着。

“我们生两个小孩，一个男的，一个女的，他们长大了要做什么，都由他们。”

苏琦还是没说话。

“苏琦？”

“嗯，我在听。”

程池拆完护腕，把电话拿到耳边：“行了，回家再说吧。”

“我回家等你。”

挂了电话，苏琦大阔步地走回去。

另一边，程池敛了笑，对着倚在门边的人说：“老张出来吧，我看见你了。”

[3]

为了生活方便，程池两年前就在苏琦的员工宿舍旁边租了一套房子，后来两个人同居在一块儿，谁也离不开谁。

快到家的时候，苏琦的手机又响了。

她接起来，娇嗔道：“你想好今晚吃什么了？”

电话那头寂然一片，一点儿声音也没有发出来。

苏琦看了一眼手机，发现是一串陌生的电话号码，她又喂了几声：“是谁，再不说话我可挂了啊。”

在可怖又空白的停顿后，那边颤颤巍巍喊了一句：“姐……”

苏琦差点儿握不住手机，她的声音急促而焦急：“苏零？”

电话那头，长长的一阵叹息，又或者是哽咽？苏琦已经分不清楚了。

她朝着电话那头吼：“你去哪儿了？满世界的人都在找你，你带走了谢依云，这两年你们到底去哪儿了？”

还有许多的话没有说出口，她不知道要怎么骂他好，像是有一块石头堵在心口上，沉甸甸地压了两年多。

她曾经想着如果他回来了，她一定要狠狠揍他一顿，教训他一顿，可是现在苏零回来了，她却静默了。

苏零打破了沉默："姐，你能不能去世纪花园 F 幢 1203 房……"

苏琦皱眉，不解："为什么？你在那里？"

"不是，谢依云在那里，她出事了！"苏零声音恐慌，仿佛濒临绝望的边缘，"姐，你能不能去那里救救她？算我求你了，姐。"

"你这是什么意思，给我说清楚了，为什么让我去救她……"

苏琦急不可耐地说，可回应她的，只有嘟嘟嘟的忙音。

苏零那头已经挂了，苏琦再打过去，那边已经关机了。来不及多想，苏琦只能赶紧打车，去了世纪花园。

世纪花园挺大的，苏琦绕了两圈，刚走到 E 幢楼下，就听见有警犬汪汪汪地吠，又警觉地四处闻着。

两名便衣警察拿着一张打印出来的照片，挨家挨户地询问情况。

"你们有没有看到上面的这个女孩子？"

"对照片上的这个人有印象吗？"

两名警察亦步亦趋，朝着 F 幢走过去，苏琦怕盘查到她，只能躲在树荫下，眼睁睁地看着他们走上了 F 幢的楼道里。

警犬也跟了上去。

苏琦一颗心都揪起来，苏零说出事了，是不是他说的地方，有警犬能闻出来的东西？

苏琦双手发凉，一筹莫展的时候，突然看见了一抹熟悉的身影站在 F 幢楼下。

是盛夏！

苏琦叫住了她，一边把她往树荫里拉，一边神秘兮兮地对她说："是不是谢依云叫你来的？别上楼，千万别上去！"

盛夏还不知道发生了什么事情："苏琦，发生什么事了？"

苏琦压低了声音，把她往旁边一推："快走，快走啊！"

"到底发生了什么事？"

苏琦急得出了一身汗，再看F幢楼下，两名便衣已经从楼上下来了，牵着警犬，手上还拿着一包不知名的东西。

其中一个说："警犬嗅出东西了。"

另一个问道："能确定是什么吗？"

"应该是非法医用材料，具体的学名得拿回去化验才知道……"

不久，又有两个男的一脸凝重地推着一个女孩子走了出来。那个女孩子被催促着往前走，头耷拉着，手上还套着一件深色外套。

仔细看，会发现她的双手极其不自然，就好像套着一副手铐似的。

在看清她的脸之后，盛夏整个人打了一个激灵低声叫了起来："谢依……"

苏琦迅速地捂住了她的嘴，心里陷入了深深的绝望中。苏零让她来救谢依云，可她却什么都做不了……

盛夏拼命地挣扎着，想要上前去找谢依云，可是苏琦知道不能去，绝对不能去。她死死地抱着盛夏："盛夏，别去。"

盛夏歇斯底里地大喊："为什么？他们是什么人？你知道什么的对不对？"

盛夏甩了她的手跑出去，可谢依云已经被押解到警车上，车子扬长而去。盛夏跌坐在地上，眼神迷茫空洞。

谢依云被抓走了。

苏琦跑出去，看着盛夏："现在你知道那些是什么人了？"

盛夏哭成了泪人儿，眼泪滂沱，止都止不住："你一早就知道了？你为什么不告诉我？她怎么可能做出这样的事情……"

是啊，谢依云怎么可能做出这样的事情。她一向是乖乖女，就算是跟着苏零离经叛道，但也绝对不会做出这样的事情来。

苏琦把哭成了泪人儿的盛夏给拉到了眼色，又打了个电话给肖林奇。

眼色的休息室里，烟雾缭绕。

肖林奇把苏琦的领子给提了起来，一字一顿地说："所以，你把苏零藏哪儿了？"

苏琦闭上了眼，脸上全是痛苦的神色："我不知道……"

"你不知道？"肖林奇攥紧了拳头，眼睛里满布着血丝，"他是你弟弟，你敢说你对他的事情毫不知情？"

耳边是盛夏的哭喊声，求着肖林奇把苏琦给放下来。

肖林奇闹得沸反盈天，愤愤不平地走了，临走之前说："你们不去找苏零，我一个人去找他！他不会跑远的，就是把这附近的每一个地方都找遍，我也会把他给挖出来！"

不管盛夏再怎么叫，肖林奇摔了门，再也没有回来。

盛夏抱着她大哭："苏琦，怎么会这样，我们这群人怎么会变成这样？"

苏琦悲凉地说："盛夏，我没办法啊，我不能不理你啊，我只能拉着你，再没办法做其他的事了……我是真救不了谢依云啊……"

"苏琦，要不我们去找谢叔叔帮忙？他是依云的爸爸，怎么也会帮她的。"

“要去她家，你们去，我不去，除非我死了。”

“苏琦……”

苏琦板着脸，艰难地开口说：“盛夏，难道你忘了两年前，她家是怎么对我和苏零的？”

盛夏哭着去找谢依云的家人了，苏琦这才坐下来喘口气。事情像雪球一样越滚越大，她不知道以后还会发生什么事情，只觉得很累，一想到之前的事情，她就有点儿反胃。

已经连续两顿没吃东西，苏琦胃里一阵翻江倒海，再忍不住，趴在洗手盆里吐了起来。

吐了好久，却什么都吐不出来。苏琦呆滞地坐着，只觉得心里很空，这一个刹那，她想到了很远。明明刚刚还是幸福的时候，怎么现在突然就这么苦涩了呢？

与此同时，她心里还有另一个声音，那就是程池，她还有程池啊。

可是这件事会牵连到他吗？不，绝对不能牵连他……

苏琦强忍着胃痛回了家。

程池坐在饭桌前等她。

吃完饭后，苏琦整个人陷在沙发里，茫茫然看着电视，却不知道里面光怪陆离地在说什么，看清楚了，才发觉是十年都不变的新闻联播。

两人各怀心事，程池从背后环抱着她：“我有一件事想告诉你。”

“这么巧，我也有事情想和你说。”

“是苏零的事？”

苏琦重重地叹了口气，她知道这件事情瞒不了程池多久。

“谢依云被抓了，我觉得苏零快要回来了，只是不知道他在哪里。”

“你一直都在等他回来。”程池说，“放心吧，他一定会平安回来的。”

苏琦把他的手紧紧地贴在自己的脸上，汲取温暖：“我怕他和谢依云的事情有关系……”

“谢依云的事情还没出定论，你不要太担心。”

苏琦吸了一口气：“你呢，想和我说什么？”

程池把下巴抵在她的头顶上，脸色凝重：“我家里有点儿事要处理，我可能要回家一趟。”

“什么事情？”

“我不是告诉你我有一个弟弟，叫程路，他病了。”

“很严重吗？我陪你一起去？”

程池把脸埋在她的肩上，深深地闻着她身上的味道：“你就待在这里，哪里也不要去。”

第二天天还没亮程池就走了，走到楼下的时候，他忍不住向楼上看最后一眼。苏琦还在睡梦中，他不忍吵醒她。

程池往兜里拿香烟，却摸到了厚厚的一沓钱，还有一张苏琦的银行卡。

“这傻姑娘……”

冷风中，程池的这根烟抽了很久很久。抽完后，他大迈步向前走。或许从一根烟开始的缘分，也要从一根烟来结束。

这一次他没有告诉她的是，他也许会离开很久。

[4]

一个月后，苏琦从盛夏那里知道了谢依云案件的情况。

那间屋子是谢依云租下来的，屋子里头装着醋酸酐，据律师说是制作非法物质的原料之一，没有合法手续不能买卖。谢依云被抓了，却不肯说清楚东西的来龙去脉。

全世界只有苏零和谢依云两个人知道世纪花园F幢1203里发生了什么事，谢依云不肯说，只能把苏零给找出来。

肖林奇在挖地三尺地找苏零，苏琦也想抢先一步把苏零给找出来，却一点儿办法也没有。

一天，有一个女孩子哭哭啼啼地找上了眼色。

“苏琦姐，求求你，救救苏零吧。”张欣彤哭丧着脸，一把眼泪一把鼻涕地说。

“你在说什么，我怎么救他？”

张欣彤把苏琦拉到僻静的地方，哽咽着说：“你知道吗，我们以前一个叫于小伟的同学被抓了。我也是今天才知道，他供出了那批货正是苏零的。”

张欣彤接着说：“你也知道，于小伟说的东西对苏零有多不利，要是谢依云也说那批货是苏零的。那么局面就会对苏零很不利。”

苏琦一阵天旋地转。

她看了一眼张欣彤：“你为什么要对我说这些话？”

“我喜欢苏零，我不能眼睁睁地看着他去死，我想救他。琦姐，你不想救他吗？”

苏琦还记得好几年前，她和苏零因为张欣彤的事情闹得不可开交，那个时候张欣彤还因为被她剪了头发吓得够呛，没想到……现在张欣彤居然为了苏零的事情，做了她所能做的一切。

“我什么都不知道，甚至连他在哪里都不知道，我怎么救他？”苏琦苦笑。

“琦姐，我想出了一个办法……”张欣彤偷偷地在苏琦耳朵边呢喃了一会儿。

苏琦变了脸色："你让我指证谢依云？绝对不行，我怎么可以这么做？！"

"我不是要你害谢依云，只是暂时拖延一点儿时间而已。我们帮不了苏零，但可以用这个方法帮他拖延一点儿时间。如果事情说不清楚，那么苏零不会有事情，谢依云也不会有事情。"

张欣彤又说："琦姐，我相信苏零，你这个做姐姐的居然不相信他吗？我觉得他现在不肯出现，一定是有苦衷的。有可能那批货根本就不是他的，是别人栽赃陷害他的，他只是背黑锅的……总之现在他没有出现，旁人只会把所有的脏水都往他身上泼！你不觉得对他很不公平吗？"

苏琦看了一眼张欣彤："你觉得苏零是无辜的？"

张欣彤脸色苍白地点了点头："我只知道，我喜欢的人，绝对不是一个坏人。"

苏琦想了很久，摇了摇头："可是我不能……"

"琦姐，我求你了。我都能做到这样，为什么你不可以？你不想帮苏零了吗？"张欣彤半跪在地上，抱着苏琦的大腿哭，哭得歇斯底里，"我们不过是给苏零争取时间而已，只要有一线生机，或许苏零他就会自己出来了啊……"

[5]

两个月后，谢依云的案子如期开庭。

苏琦作为目击证人，出庭做证。

开完庭出来，盛夏冲上前来，狠狠地给了她一巴掌。

苏琦没有躲，连眼睛都没有眨过一下。

她说："盛夏，你打我吧，如果能好受点儿的话。"

盛夏摇了摇头，冷冷地说："苏琦，我不会打你，这一巴掌，我是替谢依云给你的。我一直把你当成最好的朋友，我也以为，你会把谢依云当成好朋友，我做梦也想不到，你会这么对待她。"

苏琦心里惨烈悲壮得不成样子，如果可以，她也不想这样，可是她还能有什么办法。

她说："盛夏，你有你想保护的人，我也有。在这件事上，我没有办法同时保全他们两个人，我很抱歉。但是，在这个世界上，总有那么一个人，是你拼尽了全力想去保护的。我又有什么错呢？我只想保护我的弟弟而已，从小到大，我看护着他、照顾着他，他骑单车摔倒了，我把他扶起来；他和人打架，我帮他擦药……直到现在，我仍然只想保全他，即便错了，我也愿意为了他，和全世界作对。"

盛夏却是惨然一笑："你知道吗，谢依云怀孕了，两个月。孩子……是苏零的。"

"她为什么不说，为什么不早点儿说出来？"苏琦不停地质问，可是已经晚了，现在说什么都晚了……

这时，盛夏接了一个电话，告诉苏琦说，肖林奇找到苏零了。

苏琦赶到医院的时候，苏零还在急诊室里治疗。肖林奇说苏零是因为被他追赶而自己坠崖的。

苏琦一阵天旋地转，就在二十分钟前，她心心念念要保护的人，现在在急诊室里面，生死未卜。而她为了保护那个人，在庭上做证指认自己的好朋友谢依云。

苏琦只觉得命运简直荒唐得可笑。

不知道等了有多久，急诊室里的红灯灭了。

苏琦不顾医生的反对，径直冲进了急诊室。她看见苏零孤零零地躺在那里，眼睛是闭着的，额头上磕出一块血红色的疤，曾经那么高傲而不可一世的人，现在身上全是枯枝杂草。

她两年多不见的亲弟弟、她拼死都要保护的人，就在这样的情况下见面了。

只是她再也听不见他的声音，看不见他睁开眼，没有办法和他斗嘴打架……苏琦伏在苏零的身上，拼命地向他砸着拳头。

一如她曾经想的那样——在他回来后，要狠狠地揍他一顿。

“你躺着干什么？起来，给我起来！你这个浑小子！小时候我是怎么教你的？你怎么这么不听话，带着谢依云一走了之，你扔下了我，你连谢依云也不顾了吗？”

盛夏扑在她的身上，硬是拉着她抱着她，两个人同时跌坐在地上。

盛夏拍着她的后背：“苏琦，你别这样强忍着，难过的话就哭出来吧，哭出来会好点儿啊……”

盛夏说不下去了，泪水模糊了双眼，流到了嘴巴里，是苦咸的味道。

苏琦也忍不住哭出声来：“你起来啊，我为了你背负了那么多东西，为了保护你，伤害了另一个人。那是你的女人，你说一辈子要和她在一起的人……她肚子里还有你的孩子……你为什么不起来？起来和我打架啊苏零！”

盛夏抱着她，号啕大哭：“苏琦，苏琦……”

苏琦红了眼，踹着床腿，捶着床沿。

“苏零，我恨你！我永远不会宽恕你！你没有好好地回来，我恨死你了！我再也不想看见你！”

[6]

肖林奇被抓走调查后，没多久又以证据不足为由放了出来。

程池离开之后，一直没有和苏琦联系，再然后，彻底没了消息。

但最痛的都不是这些，而是苏零。

苏琦从小看顾到大的弟弟，死了。

得知苏零的死讯，苏淮波和孟丽英连见都不想见他最后一面，最后是苏琦出钱出力，把苏零给火化了。

两个月之间，原来可以发生这么多的事情，多到恍如隔世。像是一阵龙卷风，把这么多年来所有的建树全都毁了，只剩下光秃秃的寸草不生的一片土地。

谢依云宣判的那天，苏琦也去了。

她在法院门口遇到了盛夏和肖林奇。

苏琦听见自己用最尖酸刻薄的声音，嘲笑着肖林奇："肖林奇，你怎么这么好命呢？我弟弟死了，谢依云入狱了，你怎么还会好端端地站在这里？你这个害死我弟弟的凶手！你为什么会站在这里，怎么进去的不是你，死的不是你？"

走出法院门口，正当中午，苏琦一阵晕眩，直接晕倒在了大门口。

好心人把她送去了医院。

苏琦入院做了各种检查，医生对着她的病历，严肃地说："严重贫血，营养不足，我瞧着精神状态也不好，你自己不吃东西，肚子里的宝宝怎么办？"

苏琦强撑着坐起来："医生，你说什么？"

四十多岁的主任医师推了推眼镜："你怀孕了，你自己不知道吗？现在的年轻人真是的……自己的身体也不爱惜，可劲儿地糟蹋，到老了就来不及咯！”

苏琦双手抚上自己的小腹，脸上现出奇怪的神情。在那个平坦的地方，竟然孕育了一个小小的新生命，这两个多月以来的事情没有击垮它，而是在她的身体里孕育生长，这是多么神奇的一件事情啊……而且它还是她和程池的孩子。

苏琦本来因为苏零的事情焦头烂额，没有时间去想程池的事，这个孩子却迫使她不得不去面对这一切。

接待苏琦的是派出所的老张。

“他平常有什么常去的地方，有其他什么朋友没有？”

苏琦这才发现，她对程池的了解太少了，只知道他平常在盛世拳馆打工，有一个弟弟叫程路。其他的一无所知。

苏琦振作起精神：“不是说失踪24小时后，就可以按失踪来报案吗？”

老张敲了敲桌子，露出为难的神色：“说是这么说，但是你给的这个身份证号也不准确啊。”

老张把电脑屏幕转给苏琦看：“你看，我录入了这个号码，里面显示查无此人，也就是说，根本就没有你说的这个人，这让我们怎么找？”

苏琦脸色发白：“没有这个人？可是怎么可能呢，我和他一块儿生活了两年多……”

这时候，一个在旁边帮忙调解的居委会大妈听到这个消息，走了过来安慰她：“这闺女脸色白得哟，怎么了，可是遇到感情骗子了。”

老张哆嗦着唇，没能说出什么来。

居委会大妈可劲儿地热心肠，在苏琦旁边坐下来，安抚着她：“被骗了钱？”

苏琦漠然地摇了摇头，又说：“是我自己心甘情愿给他的……”

“什么心甘情愿，就是被骗了！我和你说，上回啊我们街道有个小伙子，那可是个人才，被二十八个女朋友找上门来，诈骗的数额……”大妈一拍大腿，比出了一个数字，“有这么多！”

大妈悄悄地说：“那人的身份证是假的？我告诉你，八成是骗子！”

苏琦的脸色更苍白了。

老张急忙走过来，把居委会大妈拉到一边：“行了行了，我说你可别添乱了，在这里瞎吓唬什么劲呢。”

“我这是教小妹防骗呢，谁知道下一回再遇到个什么骗子的……”

老张一着急，脱口而出说：“可人家也没被骗啊。”

说完后老张就后悔了，他慌里慌张地举目看，苏琦早就走了。

老张后背全是汗，等到居委会大妈也走了，才跑到休息室里悄悄拨通了一个电话。

“哎，我说，我这演技可真不行，下回可别再让我演了……”

那头说：“她走了？”

“早走了。”老张叹了口气，“你是不知道，那脸白得，就跟墙没差了。咳咳，我说你，就这么让人牵肠挂肚啊？”

“我有什么办法。”

“这么决绝？”老张说，“小姑娘看起来挺诚心的，你早点儿回来，说不定人家还等着你。”

那头沉吟片刻，才说：“你又不是不知道这次有多凶险，我已经是一条腿踩在外头的人了……与其让她守寡，不如让她恨透了我，才能早点儿死心。”

第六章

将昔日层层包裹起来，
记忆却日渐晶莹光耀

[1]

“年龄？”

“二十。”

“结婚没？”

“没有。”

“你已经怀孕三个月了，真不留？”

苏琦双唇抖了抖，随即吐出：“……不。”

医生拿笔的手滞了滞，麻木地垂下眼开了检查单。

“先去查血，还有这些……全做完了再拿着化验单过来找我。”

医院里人头攒动，苏琦一个人交钱、拿单子、跑楼上楼下，等电梯的时候恰好有个产妇躺在床上被护士推出来。

“让一让，让一让啊！”

苏琦被堵在人堆里进不去也出不来，她身量高，匆匆朝着那被人推出来的产妇一瞥，只见那产妇的肚子高高隆起，脸色苍白，额头上满是汗珠，想是隐忍得极其痛苦了。

旁边有一个中年男人一直握着产妇的手，给她加油打气，几个人呼地走远了，苏琦还愣在原地，心里乱糟糟的。

有人戳了她一下，语气不太好："哎，你还上不上？别在这里挡着电梯啊。"

一群人从她身边鱼贯进入电梯，苏琦兀自站在那里好一会儿，才抬起灌了铅一样的腿朝化验室走去。

她一个人麻木地做完了化验单上所有的项目，再赶回医生那儿，又是乌泱泱一大群人在排队。也不知道坐了有多久，终于轮到她。

躺在白色床单上的时候，苏琦心里比任何时候都平静，只是鼻尖一直萦绕着医院的消毒药水味，让人恶心想吐。

医生撩起她裤腿的时候，她警戒性地往后一缩。

医生不耐："缩什么缩？没见给你做手术呢？"

苏琦的双腿又被抓了回去，她怔怔然盯着空荡荡的天花板出神，在想什么，自己也控制不住。

仿佛回光返照的病人，她开始回想她认识程池以来发生的事情。

——初见时，他说："你这样的女人，一般的男人不会喜欢的。"

——她被众人围着骂的时候，他说："苏零叫我一声姐夫，要打就打我。"

——"苏琦，我们结婚吧。我们生两个小孩，一个男的，一个女的，他们长大了要做什么，都由他们。"

回忆像海浪一样波涛汹涌，不停地把她拍在海滩上，她像一条濒死的鱼，在海滩上垂死挣扎。

有咸涩的东西滑到嘴里，是苦的。

器具触在身上，像一条冷冰冰的、滑腻腻的蛇。她打了一个激灵，用尽所有的力气挣脱了起来。

医生戴着口罩，惊异地看着她："你干什么？躺好。"

苏琦大口地喘气，满脸都是泪。她说："我不做了，你放开我。"

"不是都交钱了？"

"交钱也不做了，我要回去。"

手术准备前的二十分钟里，苏琦突然间下了一个决定，她想独自生下和程池的孩子。无论这个孩子是男是女，无论抚养他的路上会有多困难，她都想一个人咬牙撑下去。

因为她现在只有自己一个人了。但无论多难，她都想继续走下去。

在医生和护士的注视中，苏琦捂着肚子，亦步亦趋地走了出去。

外面阳光很好，晒得人眼睛都睁不开，苏琦跌跌撞撞地走着，直到听见汽车的喇叭声才发现人行道上的红灯已经亮起来了，而她却浑然未觉。

等到她想退后的时候，已经太晚了。一辆银色奔驰车疾驰着驶过来，苏琦一个转头的工夫，已经被顶上了汽车盖。

司机往右打方向盘，汽车猛然失了控制，横冲直撞轧上人行道，撞上了护栏。

人群鸟兽一般散开，车头盖吱吱地冒着烟，车窗玻璃全碎了。

小腹那处像是被火灼烧一样地疼，苏琦想抚上去，却连动弹一下都没力气。全身都像散架了一样，小腹尤其酸，又冷又疼。

行人惊恐地看着苏琦，而她面前驾驶位上的气囊已经彻底展开，白色气囊充斥着整个驾驶舱。在白色气囊间，有一双手紧紧地握着方向盘，手腕上戴着一块劳伦士男士手表。

苏琦最后看见的就是这番场景，而后她眼前一黑，彻底晕了过去。

[2]

又是熟悉的消毒水味道。

苏琦的眼睫毛动了动，还没法适应眼前强烈的光照，又迅速地闭上了眼睛。

“病人醒了。”

有个穿白大褂的身影从眼前一闪而过。

苏琦的眼皮被人掀开，有强光照进了她的瞳孔，她的瞳孔发散性地动了一下。

护士说：“没什么大碍了，我去叫医生。”

苏琦想张开嘴巴，却说不出声音。她太渴了，好像几天几夜没有喝水的感觉，嘴唇上都是干枯的死皮，就连想舔一下自己的嘴唇都没力气。

她伸长了手，想要去拿桌子上的热水瓶。

下一秒，她又跌入了无尽的黑幕里。

再次醒来，苏琦的身边多了一个女护工，长得黝黑粗壮，坐在床边能把一大半日光挡住。

她护理病人挺有经验，一日三餐都喂苏琦喝流食，该喂水该喂药一次不少，晚上就坐在陪护床边看电视，没头没脑地大笑。她的老公是这医院里的另外一个护工，两个人偶尔搭伙吃饭，聊天说些有的没的。

过了几天后，苏琦感觉好一点儿了，能撑着坐起来了，但她的左腿还是动不了，还需要再静养一个月。

护工阿姨搬了张凳子坐在旁边，和她拉起了家常。

“我说大妹子啊，你家几口人，怎么都没人来看你？”

苏琦垂眼，安静地舀了一勺汤。

“你是自个儿来这儿打工的吧？家人都不在这儿？我老家有个闺女，和你差不多大咧。”

苏琦喝了口汤，皱了皱眉。

“我看你长得俊，谈朋友了没啊？”

苏琦吃完了，把勺子放下。这时有人轻叩着门，站得板直方正：“是不是苏琦？”

苏琦转过头去，见是两个穿着交警制服的人。

“我是。”

“我们是城西交警大队的同志，过来向你了解一下前几天发生的车祸情况。”

“好。”

护工阿姨把电话号码匆匆报给苏琦，又赶紧躲到一旁去了，不过耳朵还是竖着在听的。

稍微年轻的交警一边仔细询问了那天发生车祸的情况，一边打开笔记本电脑记录。

“那天我在过马路，人行道的信号灯恰好转换，然后一辆车就朝我冲过来了，情况就是这样。”

“你走过斑马线的时候，人行道上是红灯吗？”

“我不是说了，正在转换吗？”

“你认得撞向你的车子吗？”

一名交警拿出照片给苏琦指认，又说：“如果你确定没什么问题的话，就在这里签名。”

苏琦拿过了纸笔，看了一遍后签了名。

“我的伤势……就没有一个说法吗？”

“你的伤势……”年轻的那个还没说完，就被年长的交警拽了一下，他咳了咳说：“你的伤势得等出院后才能做一个等级判定，不过目前肇事者有意对你进行补偿，由我们组织和解，你同意吗？”

苏琦紧皱着眉头：“补偿？”

交警报了一个数。

苏琦以为自己听错了，迟疑：“五十万？”

交警点了点头：“虽然说肇事者占主要责任，但是你闯红灯，也有一点儿责任的。肇事者肯补偿你，况且金额不小，你可以考虑一下和解。有什么情况再联系我们吧。”

苏琦有点儿迷茫，交警走后，她招来了护工。

“你把我床边挂着的牌子拿过来。”

牌子上很简单地记录着病人的名字、性别和病情。

苏琦抬眼一看，骤然间只看见了三个字。

胎心停。

孩子没了，所以要用五十万来收买她腹中小孩的命？

苏琦双手抵在桌子上，有一搭没一搭地敲着桌子，眼里迸出的光芒，看得护工阿姨一阵心惊。

“是谁请你来看护我的？”

护工阿姨一哆嗦：“哎哟，大妹子，我是医院统一派的护工，况且撞你的那人我确实不认识……”越说声音越小了，到最后蚊蚋一样。

“那托你给你雇主带句话，就说……”苏琦若有所思地看向窗外，半晌，勾了勾唇，“想要和解？下辈子吧。”

[3]

“不肯和解？”

“护工听见那位苏小姐似乎是这么说的，还说……想要和解的话，等下辈子……”

助理Sunny耷拉着肩膀，心里止不住地埋怨：这么惨兮兮的活儿，老板为什么要扔给她干啊？那苏琦简直就是一块铁板！

江逸双手交叉放在桌子前，看着面前躺着的金卡，十分不屑地说：“嫌钱少，就把金额提高。五十万不肯，一百万总该肯了吧？”

Sunny唯唯诺诺应着是，又说：“但我感觉那位苏小姐好像并不是因为钱的问题……”

“不是因为钱的问题，你不会去搞清楚她想要什么？以后这事别来烦我了。还有，去给几家报社和网站打个招呼，就说这件事情如果有人想捅上去闹大，也不能见报。”

Sunny走出办公室的时候，护工郑姨又给她打电话，郑姨的普通话不太好，翻来覆去地似乎是在说苏琦这阵子情况不太好，吃得少，晚上睡觉浅，一直在唉声叹气。有一次郑姨半夜起床上厕所，明明看见她在躺着，可眼睛却直勾勾地睁开，一直望着天花板，把郑姨吓得够呛。

“那小姑娘，看着年纪小，但是不正常啊！”郑姨靠在医院的楼梯口，用她那大嗓门口沫横飞地说，“不是外地人，但没有亲戚朋友，病了这么久，一个家人也没来探望。我问她，要不就说死了，要不就说没人……你说是不是瘆得慌？”

医院那头人来人往，声音嘈杂，Sunny听得胆战心惊，她老板到底撞了个怎样难搞的人？

Sunny还要和郑姨打听什么，却听见郑姨说了句病房里好像出事了，就慌慌张张地挂了电话。

苏琦的病房的确出事了。

病房里除了苏琦外，还有其他三个病友。和家属起争执的是睡在最外头一号床的一个女的。那女的是昨天才住进来的，来的时候鼻青脸肿，引来了不少好奇的目光。

郑姨听见争吵声就火急火燎地赶过来围观了。

一号床的女人抓着床上的栏杆，歇斯底里地哭喊着：“我不回去，不回去！”

她的老公站在旁边拉扯着她，恶狠狠地说：“医院一天住院费多少钱，完了还要人照顾你，家里头都乱成一锅粥了，你还不回去给我洗衣服拖地！由不得你不回去！”

女人眼眶都红了，小声嘟囔着：“我才做完手术，我怎么回去？我身体还不舒服呢……”

这个时候围观的人已经挺多了，她的老公看见她这个样子，火气噌噌地冒上来，拉着她的手：“你是想要在这么多人面前让我丢脸吗？我管你舒不舒服，你现在立刻给我收拾东西走人。走不走？”

“不走，我不走……回去了你还要打我……”

女人“哇”的一声就哭了出来，死死地抓着病床不肯走，男人使了劲，揪住了女人的衣领，谁知道“刺啦”一声，那衣服竟被扯破了，还露出了一大片白花花的肉。

女人脸色惨白，急忙拿被子盖住了身体，但是男人的怒火还是烧了起来，劈头盖脸对着她就是一个巴掌，打得她一个趔趄差点儿没起来。

“在这么多人面前袒胸露乳，你要脸不要脸？”

病房里围了好几个人，护士也来了，见那男的打红了眼，下手又狠，竟没有一个人敢靠近的。

女人哭得全身都在抖，筛糠一样，拿着被子裹着头："我不活了，不活了……"

男人越说越气愤，撸起袖子，对着那女人左右开弓，一边打一边说："老子今天就教训教训你，还反了不成！"

女人哭号着："你打死我吧，反正肚子里的娃娃也是被你打没的！"

"你在乱说什么！"

听见女人说她肚子里的孩子居然是男的打没的，周围一片嘘声。

"走，跟我回去！"男的打上了手，把女的整个人从病床上拽了下来，走了没几步，却被一个人堵住了去路。

男的长得瘦小干瘪，像只猴子似的，站在苏琦面前竟然还比她矮了半个头。

骤然看见有个女的自不量力挡在前面，男的语气不屑道："哼，你是什么东西，还敢来挡着老子？"

话音未落，苏琦的拳风已经挥了出去，正中那男的下颌。

那男的莫名挨了一拳，暴躁地对着苏琦挥拳。

苏琦别的不会，在这段期间倒是跟着程池学了几招防身术，耍起来也是有模有样，一招就定住了男的手，手上用点儿劲，男的就只剩下吭哧吭哧地喘气了。

"你干什么，放开我！"男的直嚷嚷，可苏琦站在那里，捏着他的手，他连揍人都揍不了，这让他觉得十分窝火，周围的人又只顾着看热闹，一时之间成了僵局。

男的突然脑筋一转，想到了旁边的女人，踢了她一脚："你还愣着干什么，还不来帮我？"

女的倒真的乖乖听话扑上来了，叉腰对着苏琦凶神恶煞地骂开了：“你谁啊，干吗这么对我老公？”

苏琦被她这么一骂，眼神都冷了，那女的还止不住地说：“你看什么看，还不放下我老公，这么凶巴巴的，一看就是没人要的女人……”

没想到居然被那女的倒打一耙，苏琦闷哼一声，气极：“我这是在帮你！”

“谁要你帮我了？我们才是一家子，你算什么啊？打伤了我老公，我可和你没完！”

那女的一边说，一边对着苏琦张牙舞爪，刚刚还柔弱的女人，一下子变成了世界上最坚韧的女人。

苏琦虽然有些身手，但是面对这两夫妻的混合双打还是有点儿手忙脚乱，一个不小心居然被那女的长长的指甲在脖子上划了一下。

“怎么了，这是？”有人分开了闹哄哄的众人，一个穿着白大褂的医生带着几名医院保安上来了。

女的奔到医生面前，对着苏琦一指：“是她！她打了我老公，还打了我！”

医生有点儿摸不着头脑，看着这个衣服被撕坏了的女人：“你……也是她打的？她为什么打你们？”

那女的脸一热，支支吾吾说不清楚，又说：“反正她就是打了我们！”

医生看着苏琦：“你说呢？”

苏琦说：“我打了他，他打了他老婆。”

医生有点儿六神无主，看看四周：“有没有人出来说说，怎么一回事啊这是？”

四周的人你看看我，我看看你，都纷纷后退了一步。苏琦留意到护工郑姨也在人群里，却是缩着肩膀，生怕被人认出来。

“都没人看见？好吧，那报警吧？”医生征求两方意见。

苏琦耸耸肩：“我没意见。”

那对夫妻：“报就报！我们不怕她！”

医生拿出手机打电话，按了一半，有个女的从人群里挤了出来：“医生，我知道情况是怎么一回事，我可以做证！”

苏琦抬眼看，那女的穿着一套很正式的西装，踩着一双7cm高跟鞋，化淡妆，脸生，她不认识那女的。

Sunny顿了顿，说：“我看见是那个男的先打他老婆，打得好狠，然后……这个女的看不过眼，才去帮忙的。她是助人为乐，可是没想到那个女的居然和她老公一起打人。”

只是简单地描述了一下事情，但是一有人证站出来说话，其他的人也纷纷谴责起来。

“真不是人，老婆也打……”

“孩子就是他打没的！”

“人家也是好意去帮忙，没想到两人居然倒打一耙，这样的人都有，啧啧！”

大伙儿七嘴八舌地说，那对夫妻的脸唰地白了。

医生丢了个白眼过去，问他们：“现在还报警吗？”

女的厉声说：“报，当然报！”

“还不嫌丢人吗你？”她老公气冲冲地拽着她，“你赶紧给我走人，别在这里丢人现眼！”

女的哭哭啼啼，被男的拉走了，人群也散开了。苏琦撑着站了一会儿，只觉得腰酸。刚坐下来，就看见刚才帮她指证的那个女的朝她说：“你好，我是 Sunny。”

郑姨挤过来问：“刘小姐，你咋来了？”

Sunny 是她工作的称呼，她的真名是刘梦盈。

苏琦一看就知道是怎么回事了，扯了扯嘴角：“如果是因为这样的原因，你也没必要帮我。”

郑姨扯了凳子过来：“刘小姐，你坐啊。”

Sunny 坐下后，带着歉意对苏琦笑笑：“我不是因为这样才帮你的，我也是看不过眼……”

“有什么事，说吧。”

“我知道发生了这样的事情，让你很难过，但是我们这边也是尽量地想弥补你。”Sunny 从包里拿出一张银行卡，“这是一百万，希望你能接受。”

苏琦轻嘲：“你们想怎么样？”

Sunny 小声地说：“和解。这样对大家都好。”

“行啊。”苏琦把银行卡推了回去，“让你们老板亲自过来谈。”

[4]

“她还要我亲自过去？”江逸双手交叉放在桌上，仿佛是听见天底下最好笑的事情，揉了揉眉角，轻蔑地说，“最近公司正在搞上市，我很忙，没有空搭理这种胡搅蛮缠的人。”

“老板，其实我觉得她不是你想的那种难缠的人。”

Sunny 把在医院看见的一幕绘声绘色地说了，附带了自己的看法：“我觉得她是一个挺有义气的人。”

有义气？

江逸头都没抬，签完了放在桌上的一沓文件，才说："给我安排时间，见她一面。"

周五。

江逸还是第一次来人口这么密集的病房。过道上人挤着人，病房里空气混浊，消毒药水气味浓烈，还时不时地夹杂小孩的哭闹声，十分嘈杂。

Sunny事先知会了交警那边，两个同志一早也过来了，病房里就显得更拥挤了。

郑姨搬了几张凳子过来，几个人坐下后，就正式谈和解了。

交警开始记录案件情况，苏琦复述当天的情况。

江逸开始看手表，不耐烦："快点儿，我赶时间。"

苏琦这才抬起眼，看向这个撞了自己的肇事者，身上西装革履的，穿得很气派，戴着金丝眼镜，一副很精明又不可一世的样子，看来是个商界精英……苏琦摸了摸鼻子，那位"精英"还喷了古龙水，呛得慌。

笔录做得差不多，Sunny把银行卡递了过来："这是我们的赔偿款。"

"这个我不要。"苏琦脾气硬，"我就要肇事者赔礼道歉。"

江逸皱了眉头："你什么意思？"

钱有什么用，能把她肚子里的孩子挽救回来吗？现在她身体弱，打也打不了他，苏琦什么都不想要，她只想要这个人认罪悔错，为她的孩子真诚地悔过。

"我不要钱，我要你诚心悔过。"

江逸算是明白了，这个女人她不是有义气，而是硬气，像块臭石头，又臭又硬，执拗得十头牛都拉不过来。

江逸推翻了笔录："既然如此，那没什么好谈的。"

苏琦抬起头，露出洁白光滑的额头和细长的脖颈。

"你不肯道歉？撞死了人，你连一句对不起都不肯说？"

苏琦不知道，江逸从大学毕业后在商场上摸爬滚打，早就是商场上一匹杀人不见血的狼，太多年的养尊处优和颐指气使，他从来不知道向人低头是什么滋味。

今天过来的时候，江逸就做好准备了，如果苏琦和他要笔巨额赔偿款，他都能眉头不皱地开支票给她，钱是他最不缺少的东西，他习惯了发生什么事情都用它来摆平。可是没想到的是，她要的是他最吝啬给的——真诚的忏悔。

一个硬气、一个傲气，谁也不肯先低头，和解陷入僵局，谁也不肯多说一句。江逸和她对视，他从来不知道竟然有女人会有这样的胆色和他叫板，而且眼里还毫无惧色。

她的瞳孔就这么大剌剌地望进他的眼，她眼中的锋芒刺痛了他。

像桀骜不驯的鹰？还是在原野上奔跑的豹子？

他的腹中升腾起一股热腾腾的气，却又说不出缘由来。

毫无疑问，在商场谈判上所向披靡的江逸，今天在医院里踢到了铁板一块。

江逸怒不可遏地低下头，在苏琦耳边耳语："不就是一个孩子罢了，你还有什么不满足？这一百万，够你生十个八个……"

江逸在说第一句的时候，苏琦已经攥紧了拳头，她蓄着力气，收缩着手臂，以迅雷不及掩耳之势甩出一个巴掌。

这个孩子，是离开了，是再不会有了，苏零死了，程池走了，她仅剩下的孩子也被撞得七零八落。

他怎么懂，他怎么能懂她心里的恨意？

苏琦发了十足的力，加上她原来的臂力还不错，这一打，居然打得江逸一个措手不及，他甚至来不及后退，就重重地挨了她一个巴掌，嘴边还擦破了，溢出一点儿血，又显得苏琦这一巴掌打得尤其重。

“老板……”Sunny倒吸一口凉气，吓都吓坏了。这是什么状况，江氏地产的大老板，居然在医院里被人掌掴，她是绝对不能把这件事说出去，否则在公司里难逃一死啊！

在场的那么多人，大气都不敢出，交警同志默默地在心里叹了一句：这女的，刚烈啊！

苏琦眼里泅着恨意，咬牙切齿：“不会再有了，这个孩子，不会再有了……”

江逸反手用手背擦了嘴，唇边有血液的腥涩味道，心想难道被他撞死的这个胎儿还是一个遗腹子？

他舔了舔嘴唇，被她那黑漆漆的眼珠子那样瞪着，身体却像过了电一样，闪过了异常酥麻爽快的感觉，腹中生热，那种感觉刺激而激烈。自从车祸之后，江逸已经很久不再有过这种对女人的兴趣了。

“很好，很好……”

江逸气冲冲地走了，Sunny跟在他后面亦步亦趋，还时不时回过头看向苏琦，那眼神很是担忧，像是在说：得罪了江逸，你自求多福吧！

[5]

苏琦还是没有察觉到，得罪江逸是一件多了不起的事情。

可是第二天，郑姨直接就不来了，医院的费用全部被暂停，苏琦交不起费用，只能出院。

江逸的做法很简单，就是对苏琦实行经济制裁，要让她低头，而苏琦如果要拿回这些费用，必须去打官司。但是她连一点儿积蓄都没有，更别提请律师的事情了。

还好之前在医院躺了十来天，有郑姨的照料，苏琦觉得自己恢复得差不多了，可以回去眼色上班了。可她回去后，面临的第一件事就是被眼色的老板辞退。

眼色老板塞了几千块钱给她："你那么久都不来，我们这里已经请了别人了。你还是另找别的地方打工吧。"

屋漏偏逢连夜雨，这下就连眼色提供的免费员工宿舍也没了。苏琦面临着再次出去找工作的压力，却突然发现，她只是一个高中肄业生，想要找一份工作简直难上加难。

苏琦租了一间日租房，抱着手机一个接一个地打电话求职。

这几天，江逸一直在等苏琦的电话，但她那边一直都很安静。

他设了一个牢笼，等着她主动找他，没想到她就是死扛着也不愿意低头。而她那肚子里孩子的来历，他也摸得一清二楚，不外乎就是她以前跑路的男朋友留下的，男朋友不知去向，她却傻乎乎地要留下这个孩子，连一百万都不肯收，真是硬脾气。

江逸叫来了 Sunny："我让你盯着她，她这几天都做了什么？"

Sunny 据实回答说："这几天苏琦在景怡酒店做小时工。具体来说，是早上 7 点到 9 点做客房清洁，10 点到下午 4 点做电话客服，晚上 6 点到 9 点在酒楼刷盘子。"

江逸的手指叩了叩桌面："不是和景怡酒店打了招呼，说不能招她？”

Sunny 咳了咳，提心吊胆地说：“是打了招呼，可不是招正式工，她只是做兼职，干一天结一天工资的，压根儿就没留意谁来应聘。”

“再去找他们经理，说把她给炒了。”江逸简洁地说。

“可是老板……”

“还要我说第二次？”

Sunny 一边走出办公室，一边掰着手指数数：老板这几天，已经搅黄苏琦几份工作了？估计从眼色开始，老板就打着绝她后路的主意来做的。

这和他收购其他公司的手法一样，干净利落，不留生存空隙，就等着别人偃旗息鼓，被压迫到最后一刻，再来跪求收购。

Sunny 在心里默默地给苏琦祈福，被江逸盯上的人……那准没好下场！

这样又清静了好几天，那天江逸被拉去高尔夫球场凑一个局。烈日炎炎，几个人挥了几杆就没了兴致，坐在阴凉处喝茶。

生意伙伴王总手里盘着两个核桃，话题也不知道怎么的，居然从今天早上的股价谈到了不远处穿运动服的球童身上。

庞总阅人无数，越看那球童越是啧啧称奇：“你们看那女的，穿这么一套宽大的运动服，还是看得出那玲珑曲线，那简直是……盘靓条顺啊！”

盘靓条顺是老北京话，能让庞总这么说的，那可是很标致的美女了。

几个人插科打诨，只有江逸没出声。他抬眼看去，球场上绿油油的一片，只有一个穿着嫩黄色球服的人像是蜜蜂采蜜一样不停地穿梭，一直忙着捡球、捡球、捡球。太阳很毒，她只戴着一顶简陋的鸭舌帽，烈日照在她另一面脸庞上，透出晶莹剔透的粉白色，汗珠沿着下巴滴下来，她却连擦都没有擦。

江逸以前不觉得这项工作很苦，大不了再给些小费就是了，但是现在看来，却觉得很煎熬人。

旁边的王总是个不怕来事的，搭了话茬子，打趣说："庞总既然有兴趣，那不就收了？"

江逸沉声："收了？就这样的货色？庞总的眼光什么时候变这么差？"

几个人看出他不高兴，没过多久就撤了摊，各自回去休息室梳洗了。

江逸冲了个澡，一身舒爽走出来，没想到竟在转弯的地方看见了那一抹身影。

苏琦刚从洗漱室出来，她刚捡了一下午球，全身都是汗臭味，本来是不能在这里梳洗的，经理好心借了一个员工洗漱室给她。她匆匆冲了个澡就出来了，头发还兀自滴着水，她没那么矫情，随便擦一擦就走出来了。

冤家路窄，却是在这个时候见面了。

江逸勾了勾唇，用眼神打量这个素面朝天的女人。和他以前游戏花丛的女人不同，这个女人特别有味道，足以勾起他全身上下所有的占有欲，让他想张牙舞爪地扑倒她，让她屈服在他身下哭喊求饶。

自从车祸后，他就没有了这样的心思，但是看着她近在眼前，他却又有点儿按捺不住的冲动了。

苏琦走在前面，根本不知道后面跟了人。等到走到一间空置的休息室，突然手腕被人一拽，江逸把人带到里面，反锁了门。

看清了来人是谁，苏琦勾唇，揶揄："我还以为是谁，原来是江老板，别来无恙？”

看见她这副优哉游哉的样子，江逸就来气，她这算什么，挑衅吗？他这几天吃不好睡不好，她呢，倒是一副老神在在的样子。突然间好像局势就变了，她反客为主了，这让他怎么能不憋屈？

憋屈，他简直是憋坏了。

“打小时工，做客房清洁，现在还在球场捡球，你就那么缺钱？”江逸十分不屑。

“哟。江老板还真了解我最近的情况，这球场也是你说了算吧？怎么，明天也让我从这里滚出去？”

江逸沉着脸。她知道，她什么都知道，而且她甚至不在乎他有没有封杀她。

苏琦噙着笑：“没用的，我能随时换地方打工，我告诉你……这样针对我是没用的。”

江逸欺身而上，捏着她的肩膀：“你是在威胁我？”

苏琦一个闪身避过了：“我知道江老板有很多种方法让我下岗，但是我不是你的员工，我有办法不靠你的钱活下去。”

苏琦开了门，大大方方走出去。

[6]

第二天，苏琦照常去球场捡球，江逸倒是没为难她。相反，经理对她的态度好像更好了，恰好到月底，还给她多发了奖金。

苏琦当晚回到住处，那是一片破旧的居民区，苏琦在那里的七楼租了一个三十多平方米的小单间，晚上没有路灯，看什么都是黑漆漆的。

就在那黑漆漆的地方，她看见了一个不速之客。

苏琦皱眉，冷冷地说：“你怎么在这里？”

“苏琦啊，爸爸来找你来了，最近吃了不少苦吧？在外头还习惯吗？”

苏淮波搓着手站在那里，也不知道站了有多久，手里还提着几包饼干零食什么的，看见苏琦，那个热乎劲，不知道的人还以为他们是感情多好的一对父女。

“你来干什么？”

苏淮波那老脸厚得，虽然被苏琦这么一顿冷嘲热讽，但他还是指了指门：“先开门，我们进屋说吧？”

苏琦黑着脸开了门，把苏淮波让了进去。

“有什么事情就说，说完你就可以走了。”

苏淮波有点儿不自在，看着那出落得水灵的一个大姑娘，他以前怎么就没把她当一回事呢？

“苏琦啊，爸知道你因为苏零的事情恨我……”

苏琦咬牙说：“别在我面前提他，你不配！”

苏琦不会忘记苏零死的时候，丧事办得有多仓促。他死之后没有一个好的名声，苏淮波在孟丽英的撺掇下，连认都不认他。

丧事还是她自己草草办了的，除了她和张欣彤，没有一个来的。这叫她如何不寒心？

从那以后，苏琦就觉得自己是个孤儿，苏淮波不认苏零，她也没理由再去认苏淮波做爸爸。

他们之间的父女情分，在苏零死的那一天就已经一刀两断了。

苏淮波想到自己横死的儿子，再想到以前的事情，一时之间也是悲从中来，揩了揩眼角，还是没流出眼泪，索性说：“苏零那件事情，我也很痛心。你说养了十八年的儿子没了，换谁谁不难过？我不是不想去理他，是管不住啊！他足足跑了两年多，你找得到他？回来了，什么都看不到，就只有一具躺在医院的尸体，换了你你能接受得了吗？更何况，还是死得不清不楚的。”

“苏零他是坠崖死的！”

“是！但是你知道我在邻里邻外的，被戳了多少脊梁吗？人家背地里说我们家什么你知道吗？拐带别人家闺女，离家出走，完了还搞一个下落不明，别人怎么说的，都说他是畏罪潜逃！”

“苏零他没有罪！哪里来的畏罪潜逃？”

苏淮波摆摆手：“不提他了，不提了。苏琦，我知道你一个人在外面辛苦。爸也老了，就希望你能回家多看看我们老两口。”

还老两口呢，他在孟丽英的唆使下，就没少打过她和苏零，现在人老了，知道养儿防老了，就上门来找她了？苏琦气不打一处来，直接开了门，把他买的东西丢出去：“我们没什么好说的，你走吧。”

“苏琦，唉……你这孩子。”苏淮波知道一时半会儿做不通她的工作，只能说，“下回我再来看你。”

苏琦只以为苏淮波只是心血来潮，没想到接下来的几天，他经常过来露脸，对着她说一些貌似掏心掏肺的话。

又过了一周，苏琦正在看电视，听到有人敲门。

苏淮波手里提着几瓶白酒和下酒菜：“今天是你生日，爸来给你庆祝生日。”

也许是太久没感受过家庭温暖是什么样子，苏琦有些怔怔的，一时心软开了门，在外面独自打拼了这么久，她好像从来都没有给自己过过生日。

苏淮波摆了满满一桌下酒菜，又倒了两杯白酒："来，今天咱们父女俩好好地喝一杯。"

苏琦本来就是调酒师，几杯白酒也不算什么，端起来喝了几口。

苏淮波也喝了，几杯酒下肚，稀里糊涂地、翻来覆去地说："苏琦啊，爸对不起你啊……"

苏淮波之前从来没有过这样示弱的时候，苏琦想也许是人老了，老糊涂了，就想起她的好了。如果苏零在呢？如果苏零在的话，他是不是也能和她一样，感受到苏淮波的关爱？或许他们就不会像现在这样，长成满身是刺，谁也不信任的模样了。

苏琦有点儿怔忪，想起早逝的苏零，又多喝了几杯，没想到头却开始昏沉起来。而苏淮波，在看见她脸上浮起的潮红之后，反而清醒了不少，拿起手机摁了几个号码，而后就有人沿着楼梯走上来了。

"你在做什么……"苏琦头昏脑涨，但还是看得出苏淮波是在喊人过来。

苏淮波看着她，低声说："苏琦啊，爸也老了，得有几个钱傍身，要想靠你，是靠不住了，爸只能靠自己……"

苏琦仿佛知道了什么，挣扎着站起来，却又栽倒在沙发上。

头很重，身体轻飘飘的，苏琦迷糊地问："你在酒里下了什么？"

"不过是安眠药而已，放心吧，爸不会害你的。江逸是个有钱人，他会对你好的，你跟了他，以后什么金山银山没有。做人，别太傻，直来直往的那都是要吃苦头的，连带你爸的日子也不好过。"

苏淮波起身开了门，和江逸嘀咕了一句，就出去了，出去的时候还顺带把门给带上。

屋子里顿时就只剩下苏琦和江逸。

苏琦头还很沉，瘫在沙发上努力地抬起眼，也只看见江逸笔直颀长的腿。

江逸径直走过来，落下一大片阴影。眼看他越来越靠近，苏琦随手从桌子上拿了个玻璃杯扔过去，却手脚无力，杯子很快就砸在了地上，连江逸的衣角都碰不到。

玻璃杯里的水洒出来，玻璃碎片砸得满地都是。

苏琦硬是撑起上身："你走，你走！"

"真是任性啊，到现在还嘴硬。"江逸勾起唇，根本不拿苏琦的威胁当一回事。

"滚！"

苏琦用尽全身力气发出了一个音节，听在江逸耳里却像是绵羊音似的软绵绵没有了力气。

"真是可怜，还有力气站起来吗？"江逸恶作剧般在她的耳朵旁吹气，苏琦全身泛起了恶心的鸡皮疙瘩。

江逸站在离苏琦一尺远的地方，直勾勾地盯着苏琦。他没有碰触到她，却让她更加恐惧和害怕，根本就不知道下一秒他会做出什么事来。

而这样的苏琦却更加勾起了江逸逗弄的兴致。原来本像只猛兽，现在瘫在沙发上却像一只小绵羊，不过，也还是一只张牙舞爪的小绵羊。

江逸伸手解开裤带，拉出皮带。

苏琦不自觉地向后退："不……"

他逼近她，她在角落里头避无可避。

"和我玩游戏？不，现在游戏才刚开始。"他手里捏着软皮带，抖了抖，"啪"的一声打在了沙发上。

沙发是布做的，一下就裂开了一条裂缝，抽了丝。

苏琦嘴唇抖了抖，可连一丝声音也发不出来。下一刻，有风声簌簌地吹拂过来，是江逸手中柔软灵活的鳄鱼皮带夹杂着风声，惩罚性地落在她的后背上。

苏琦整个人都在发抖，努力地咬着牙齿不让自己叫出声来。

苏琦的隐忍更加触发了江逸的疯狂，他又连续抽了两下，苏琦再也坚持不住，从沙发上掉下来，爬到柜子那边。

江逸的皮鞋也移动了几步，手里的皮带压根儿就没停过。苏琦走到哪里，他的皮带就抽到哪里。

苏琦全身没有站起来的力气，只能在地上爬，而地上早就布满了玻璃碎片，她的手臂和脚掌全被玻璃扎碎了。

江逸看见血，打得更欢快了。

苏琦披头散发像个疯子，抖得筛糠一样，咬牙切齿地说："变态，你就是个变态……"

江逸见发泄得差不多了，把苏琦衣领拎起来，甩到旁边的大床上。

他抵着她："你现在才发现？啧啧，已经太迟了……"

苏琦用手抓着床单，动也动不了，一直喃喃地说："我不会放过你的，不会放过你。"

"来让我好好想想，是你爸亲手把你送到我床上的，你要是去报案了，你爸要怎么办才好？"江逸一脸坏笑，低下头咬舔她的耳垂，用嘶哑的声音说，"知道我给了他多少钱吗？就你那个赔偿的钱，连银行卡号都没有换。"

苏琦眼前一怔，才发现了这里头的猫腻。原来如此，原来这一切都是江逸设的一个局，而苏淮波……是苏淮波亲手把她推入了这样可怖的深渊中。

像是有滔天的恨意把苏琦掩埋，她双手握成拳，意识却已经溃散了。

江逸摩挲了一下她碰到玻璃碎片而流血的伤口，扼腕叹息着：“真可惜，本来是一个挺好的艺术品……”

“你这个变态……啊！”

江逸俯身咬住了苏琦光滑裸露的肩膀，沉身进入了她。

外头的月光很皎洁明亮，却没有一星半点儿能照进来。一片混沌空虚中，苏琦只觉得自己的身体不停地下坠，她一定是在地狱里了，再没有人能接住她，没有。

第七章

梦未醒，
夜是带泪的月华

[1]

“啊！不要！”

苏琦从床上弹起来，后背和额头上全都是细密的汗珠。

她又梦见了，梦见了七年前那些可怖的往事，那个可怕的暗无天日的夜晚……一想起江逸，她全身都在哆嗦。她的肩膀上至今还有他咬的那个印痕，像两条蜿蜒曲折的丑陋蜈蚣，横亘在她的肩膀上。

时不时的心悸、遍布全身的疤痕、没来由的焦虑……这些都是江逸那个变态留给她的后遗症。

命运像一只翻云覆雨的大手，把所有人都倾覆成了另外的模样。可离开江逸这么久了，她还是怕他。

天亮了起来，苏琦突然间，想去苏零的墓地看看。

过几天就是他的忌日，这么多年了，也不知道他那里的花花草草，长得好不好。

[2]

风很大，把苏琦的头发吹得四散开来。她什么都没有带，双手插在口袋，茕茕站在苏零的墓地里，身影在一片石碑旁更显得单薄。

四周荒凉，除了清明节，这个时候鲜少有人会到这个地方来。

苏琦拿出一包烟，半蹲着用打火机点燃了，放在苏零的墓碑前。

时间长了，所有的过往，和苏零之间发生的点点滴滴，好的坏的，都已经随着时间湮灭。

“苏零，姐来看你了……”

一股清丽的花香随风吹到苏琦鼻尖，她才发现在苏零的墓地旁不远处，摆着一束很新鲜的百合花。

应该是有人来看过他，又匆匆地摆下花走掉了。

苏琦起身往四周看，似乎看见有个穿着白色裙子的人一闪而逝，从后门的方向走掉了。

苏琦跟了过去，见那个人走过一条羊肠小道后上了车，便也在后面招了一辆的士跟上去。

车子开了二十多分钟，在一片别墅群前面停了下来。

那个人下车，苏琦认出她的样子。虽然隔了七年多没见面，但苏琦还是一眼就看出，她是张欣彤。

那个跪在她面前，请求她去救苏零的张欣彤。她的样子没怎么改变，只是面容成熟了，脱去了些许稚气，脸的轮廓变了，身形丰满了一点儿，再没有那个学生妹的气质了。

张欣彤没发现苏琦跟在后面，径直走进了小区。过了一会儿，苏琦跟在其他住户后面，也走了进去。

这里是市里很气派的一片别墅群，住在里面的人非富即贵。在这之前，张欣彤家根本住不起这样的地方。苏琦跟着她狐疑地四处晃着，再拐过一个弯，就看见一幢绿树庇荫的别墅门开了，有人从里面走了出来。

出于自我保护，苏琦闪身在一棵树后，竟然看见王嘉楠从别墅一层的大门里走了出来，而张欣彤跟在他身后，送他出来。

“今晚别玩太晚了……我等你回来。”张欣彤说。

“知道了宝贝儿。”王嘉楠颇不耐烦地吻了下她的脸，再回头启动了车子。

王嘉楠的车子开出了车库，张欣彤还在原地朝他的车子招手，仿佛很迷恋他似的。

看来这里是王嘉楠的别墅了，张欣彤和他住在一块儿，还是那样的关系……苏琦在那里等了一会儿，直到确认王嘉楠不会再回来了，才上去摁了门铃。

张欣彤走出来开门，看见苏琦就和看见了鬼似的。

开口的时候，她差点儿没把自己的舌头给吞了：“琦姐，怎么是你？”

苏琦反而很镇定，开门见山地说：“我是来找你的。”

张欣彤一副战战兢兢的样子，四处看了看，才开了小门让苏琦进来。

“外面不方便，进来说话吧。”

别墅里头绿荫环绕，还养了一只牧羊犬，看起来生活过得很是有滋有味。走过门廊，大厅外的地面全铺满了大理石，在盛夏里别有一分清凉。

张欣彤一边走一边说：“这里是嘉楠家里买给他住的，现在就我们两个人在这里住。”

“你们同居了？”

张欣彤羞赧地低头，咬唇说：“……你不是都知道了，还问我？”

两个人在沙发上坐下，有阿姨送了咖啡进来，又悄悄地拿着托盘下去了。

四周很静谧，静得连园丁在外头清扫树叶的沙沙声都能听见。

苏琦环抱双手打量着张欣彤，这几年来她显然过得很好，皮肤细腻，眼睛灵动有光泽，一看就是在家里养尊处优的。

“你为什么要和他在一起？”

张欣彤知道，苏琦说的人是指王嘉楠。

她脸上很平静，说：“他对我好，我就和他在一起了。”

苏琦讶然：“你不是很喜欢苏零吗？你为什么要和他在一起？”

张欣彤脸上惨然一片：“琦姐，苏零已经死了那么多年了，死死抓着这些东西有意思吗？”

“那你为什么还要去他的墓地看他？”苏琦生气地质问着，“张欣彤，如果是别人，我不会在乎是谁和王嘉楠在一起。可是你……你忘了你当时是怎么求我去救苏零的了？你现在又怎么可以和伤害他的人在一起？”

“琦姐，如果你是来质问我的，我只能说，我张欣彤想和谁在一起，你管不着。事情已经过去这么久了，王嘉楠是不是和苏零的事情有关系也说不清楚。琦姐，你又何必揪着这点不放？”

“既然你已经决定和王嘉楠在一起，我也不说什么了。但是……”苏琦顿了顿，说，“我可以肯定的是，王嘉楠和苏零以及余晓雪的死都有关系。”

临走之前，苏琦告诉张欣彤：“我一定会把他们的死搞清楚的，我不会放过伤害苏零和余晓雪的人。”

[3]

小长假过后，又是照常上班和读书的日子，苏琦像往常一样在一中门口等梁小东。

本来是五点半放学，苏琦在学校门口的奶茶店等得都快睡着了，直到六点二十分梁小东才背着书包磨磨蹭蹭地从学校里走出来。

落日的余晖下，梁小东的表情有点儿说不上来的落寞。

苏琦有点儿狐疑："你今天怎么了，被老师留堂了？"

梁小东的冷汗就那么淌下来："没……"

"那为什么这么晚？"苏琦看了下表。

梁小东突然打了个激灵，唯唯诺诺地说："是我……作业做得不好。"

"哦。"苏琦看了一下天，冷不丁说，"今天考试考得怎么样，我听你们同学说今天你们随堂测验了？"

"啊？"梁小东有点儿开小差，苏琦问了两次他才说，"哦，应该是吧……我记不太清楚了。"

"你考了多少分？"

"98。"

"多少？"

"98……吧……"梁小东又说了一遍，眼神闪烁，几乎不敢和苏琦对视。

苏琦第一反应是梁小东在说谎，因为随堂测验这回事，根本就是她胡诌的。可是梁小东为什么要对着她撒谎?

如果不是梁小东记性太差，那就是他一定有事情瞒着她。

梁小东回家后，苏琦又在他家楼道外面的小卖部买了一包烟。在她结账的时候，她看见梁小东背着书包，又从另一边楼梯上下来了。

他在说谎，他根本就没回家!

苏琦忽而有了一种不祥的预感，她想跟上去，可等超市结完账，梁小东早就跑远了，不知道钻到哪条胡同去了。

苏琦想了想，发了条信息给梁小东。

——我这几天要出差，你自己上下学注意安全。

梁小东很快回了一句“好的”。

第二天放学后，苏琦租了一辆私家车，停靠在学校附近，一看见梁小东就跟了上去。

梁小东果然没有及时回家，在校外溜达了一会儿后，突然钻进了另外一辆拉着黑布的车子里！

苏琦大为警觉，急忙让司机跟了上去。

这一跟，又是跟了大半个北京城，对方好像在绕圈子似的，沿着几条环线不停地兜圈换方位，直到梁小东下车后，换乘了一辆公交车，而后又下了公交车踩着一辆单车去到一处僻静处。

梁小东从巷子口出来后，哆嗦着身子绕到了一个不起眼的地方，苏琦没有跟得太近，就看见那片有一点绿油油的灯光，应该是梁小东在跟人打电话。

手机的屏幕还没暗淡下去，就有人插着口袋从另一个地方拐出来，看见梁小东就劈头盖脸地拍了他后脑勺一下。

拍完梁小东，王嘉树还骂骂咧咧地说：“哆嗦什么，怕就不要来！不就让你送点儿东西，担惊受怕的，那么害怕下次就不要来！”

梁小东搓着手，不知道低头说了句什么，王嘉树还很轻地踹了他一下：“一点儿用也没有，不就一根烟！哥这里有的是！”

说完大手一挥，他从裤袋里掏出一包烟，拿了一根丢给梁小东：“拿去，压压惊！”

梁小东点头哈腰地接住，忙不迭地说：“谢谢树哥，谢谢树哥！”

王嘉树拍了拍他的肩膀，嘴上还叼着烟："好好干，以后有大把机会跟着哥！"

两个人一前一后地走了，苏琦在后面听得遍体生寒！

原来梁小东对她撒谎，神情怪异，是暗地里和王嘉树搅合在一起，还偷偷地给王嘉树办事。而做事的酬劳，不过是为了王嘉树手里的一根普通平常的烟而已。

一回生二回熟，就在苏琦第二次跟踪梁小东的时候，他增加了警惕，一下就把戴着墨镜伪装的她给认出来了。

梁小东有点儿惊讶，又有点儿生气，鼓着腮帮子："姐，你在跟踪我？"

既然已经被识破，苏琦索性说："梁小东，你知道你自己在做什么吗？你为什么要替王嘉树做事？"

梁小东抱住了自己的书包，神情紧张："姐，你在说什么？我、我没做什么啊……"

苏琦伸手："把包给我！"

梁小东把书包藏到身后，紧紧地捂住。

苏琦用眼睛扫了一下："里面藏了什么东西？"

梁小东继续后退。

"给我！"

苏琦捏住了书包一角，梁小东揪紧了，一副差点儿要哭出来的样子："姐，你干什么，这是我的书包！"

"梁小东，王嘉树让你做什么了，你是不是在干坏事？"

梁小东脸都涨红了，吞吞吐吐地说："姐，你、你在说什么？"

"书包里究竟藏了什么东西？"

苏琦把书包拿过来，想拉开拉链看，却被梁小东推了一把。

梁小东像是护着崽儿似的把书包护在身后，气急败坏地说："我的事情不要你管！"

苏琦踉跄几步，耳边突然莫名地回荡起许久前，苏零曾经对她说过的一句话。那时候，苏零是怎么说的？

——"我有让你插手我的事情吗？我的事情，需要你来多管闲事？"

——"很好，苏零，我再不会理你的事！"

他们姐弟间吵架的情景仿佛历历在目。乍然想起苏零，苏零的身影和话语又仿佛和梁小东的重叠在一起，苏琦眼里莹然有泪，哽咽着："梁小东，我不过是不想你学坏了！"

如果我不能阻止苏零，那么我也要阻止你，我不能救他，但我想救你啊……苏琦还有很多的话想说出口，但梁小东，已经不是以前那个唯唯诺诺的梁小东了。

他的脸色骤然变得狰狞，柔和不再，恶狠狠地盯着苏琦，仿佛盯着他锱铢必较的仇人一般。

"我喊你一声姐，不过是因为你之前曾经帮过我罢了。你别以为你是我的谁，我不用你来多管闲事！"

苏琦心里十分怆然，对着梁小东远走的身影大声喊："梁小东！"

回答她的，却是梁小东头也不回的话。

"你不要再跟着我了，不要再来坏了我的好事！我不用你管！"

[4]

"你真的不觉得梁小东很有问题吗？"苏琦随意地把刀叉搁在一边，接着说，"我猜王嘉树的烟肯定有问题，你说梁小东会不会是被王嘉树控制了？”

章暮飞得体地拿起酒杯抿了一口红酒，淡淡地说：“苏琦，我还以为你约我吃饭，是谈其他事情的。”

敢情她就是为了梁小东才约的他？章暮飞顿时有一种深深的挫败感。

苏琦不置可否地垂下眉眼，长长的睫毛在灯光的映照下折射出扇子般的阴影。

她说：“我就是想知道你对梁小东这个案子的看法。”

轻描淡写本就是章暮飞的长项。

“就是一般性质的校园欺凌事件。”章暮飞顿了顿，又说，“律师最忌讳的就是把自己的感情代入案件里，你太投入这个案子了，反而不好。”

苏琦手里紧紧捏着叉子，脸上严肃：“你真的是这么想的？”

“意气用事不该是律师考虑问题的态度。难道你还有其他的想法？”章暮飞把牛排切割得整整齐齐，又叉了一小块放入口里，“苏琦，说说你的看法。”

苏琦拿起玻璃杯润了润口，吸了一大口气，才慢慢开口：“苏零的事情，你也是知道的吧……七年前，王嘉楠也一度想递烟给苏零。”

章暮飞看到苏琦浓墨一般的眼珠在轻轻朝着一个方向转动，她是在思考事情，抑或是回忆。

“当时我并没有觉得有什么奇怪的，虽然我有个朋友……一直在旁边阻止这件事，我也没觉得有什么问题。不就是递根烟吗，能出什么事？可是后来我发现我错了，因为王嘉楠根本就和苏零的死脱不了关系。”

苏琦眼圈都红了，她想起了很多很多，想起了自己年纪轻轻就坠崖身亡的弟弟，想起了那段不堪回首的往事，再度回想起来，突然有一种豁然开朗的感觉。

她抖着声音说："我怀疑那根烟有问题，王嘉楠和王嘉树的烟，都有问题。"

"苏琦，你不要这样，缓一缓情绪……"章暮飞看出了苏琦的紧张情绪，伸出手，在她的手背上拍了拍，皮肤的质感太好，像丝绸一般，又滑又嫩，他忍不住流连，又反复地捏了捏。

苏琦有点儿反感地抽回手，吸了口气："不要这样？那是我弟弟，我亲弟弟。从小都是我看顾着他长大，可他十八岁就死了，死在了那个黑漆漆的无人知晓的悬崖边。你知道从高处跌下来的人，会是怎么样一个情况吗？"

苏琦只记得，她在医院看见他的时候，他整个人像个破布娃娃一样，都碎了，碎掉了，再也拼接不了，拼不出来一个完整的人。

而且不是传说中，七窍流血的人，就连死，也死不安稳吗？

"什么抢救，什么ICU，全都是唬人的玩意儿，从他被120的医生护士接走的那刻，他就已经没了呼吸，瞳孔扩散了，身体僵硬了……这些都是我在接警记录里看到的。在他死后，他还身披了那么多的骂名，死后还要被人泼脏水。甚至……甚至连他爱的人，他的爱情结晶，所有他想要保护的人全部都没有留住。"

而把谢依云推出去的人，是她，是她这个苏零的姐姐亲手推出去的。

她这一辈子都不会再原谅自己。终其一生，她对苏零、对谢依云都是有所亏欠的，再也还不清了。

苏琦笃定地说："但是推他下悬崖的人呢，那些人都去哪儿了？苏零和谢依云私奔后的事情，没有人知道，而和王嘉楠在一起的那群人，一定脱不了关系。肖林奇只是一个幌子，一个被人推着向前走的傀儡，在他身后的人，才是真正害死苏零的人。”

断断续续地说完这些，苏琦拿起桌子上另一个装着红酒的杯子一饮而尽，不够尽兴，又再倒了一杯，一杯接着一杯，到最后，她也记不清楚自己到底喝了有多少杯酒了。

章暮飞就那样冷然地看着她喝、看着她醉、看她发疯，然后把一切记入眼底。

她从来都是这样的，独来独往，高岭之花一般，很少有这么外放的情绪。他的喉结咕咚一动，听见自己心动又心痛的声音，而后艰难开口：“苏零是你弟弟，但梁小东不是。你只需要护着一个苏零就够了，没有必要把梁小东的事情也揽在身上。”

苏琦已经喝得醉眼迷蒙，半趴在桌子上，手指轻轻地点着桌子上的高脚杯。

“我已经眼睁睁地看着苏零死了，难道你还要我再亲眼看见梁小东再度跌入那个万丈深渊里？”

苏琦的声音有点儿大，章暮飞把椅子拉开，把她从桌子上拉起来，又说：“你醉了，我送你回去吧。”

苏琦的身体软软的，没什么走路的力气，章暮飞索性扶着她的腰，让她靠着自己走。有淡淡的香气萦绕在鼻尖，苏琦的嘴唇因为喝了酒，红润剔透，像树枝上刚结出来的甜甜的果实。

章暮飞只能不停地说话，转移自己的精力。

“你已经把梁小东看成自己的弟弟，看作是苏零的化身了。可梁小东毕竟不是苏零，他和你一点儿关系也没有。苏琦，你太意气用事了，这样只会毁了你自己，也会毁了梁小东。你得先把这件事放一放，不要再让他们影响到自己的生活。”

苏琦喝得酩酊大醉，只看见章暮飞的薄唇一张一闭，在她耳边嘱咐了什么，她也听不清楚了，耳边萦绕着的是嗡嗡嗡的声音，身体很轻，思绪却很重，像是飞到很远的地方。

两人搀扶着走了几步，直到章暮飞在一对璧人面前站定。对方是市里的一个女律师，偶尔有交手的时候，既然碰见了，也不能不打声招呼了。

那名女律师挽着另一个男的手臂，看见了他们也站定了，叫住他：“章律师，好巧，你也过来吃饭？”

章暮飞悠悠然地点了点头，看向傅茗萱：“陪朋友过来吃饭？”

傅茗萱打量了一下倚靠在章暮飞身上的女人，说是倚靠，还不如说是整个人挂在他身上。章暮飞平常也是挺正人君子的一个人，倒是没想到和女朋友这么痴缠，吃个饭都要搂搂抱抱在一块儿。那女的脸颊通红，只露出了一半脸，却显出了洁白的额头和优美的脖颈。

女人看女人的目光最准确了，从那额头到下颌和脖颈的线条，傅茗萱就知道章暮飞挽着的肯定是个大美人，只不过不知道为什么犹抱琵琶半遮面，更加显得神秘兮兮的，让人忍不住想看头发底下那张脸。

傅茗萱温柔地挽着骆池城的手，落落大方地说：“我来介绍一下，这是我未婚夫骆池城。池城，这位是北京城里鼎鼎有名的律师，正朗律师事务所的章律师。”

骆池城伸手：“你好。”

章暮飞右手还托着苏琦的腰，轻轻地换了左手扣着她，才继而伸出手来相握。

因为突然被挪动，苏琦有点儿不耐烦地呢喃了一声，睁开眼看到的却是心心念念的某个人。

她喉间咕哝着，皱着眉头不经意溢出一声："……程池？"

感受到怀里人情绪上无端地躁动，章暮飞轻轻拍着苏琦的背，稳住她。

两个人亲昵的动作看在傅茗萱和骆池城眼里，骆池城依旧是那副不动声色的样子，只不过眸子里多了一抹探究的深意，而傅茗萱早就默默地在心里嗷嗷嚷着"秀恩爱虐狗"了。

骆池城握着章暮飞的手一紧，而后很快抽出，神色自如道："章律师的女伴好像身体有点儿不舒服，没事吧？"

"没事。"

苏琦的头发散落下来，有一缕遮住了眼，章暮飞抬起手给它别到了耳后。苏琦那一面有疤痕的脸就这么大剌剌地露在傅茗萱的面前。

骆池城眼里的神色更浓了，目光一直在苏琦脸上流转，一刻都没有离开过，却什么都没有多说。

而傅茗萱却是真的有点儿被吓到了，她一直想知道章暮飞的女伴长什么样子，没想到居然是一个脸上有疤痕的漂亮女人。

章暮飞不想再停留，于是对那两个人说："她有点儿头晕，我们先走了。"

几个人就这么寒暄了几句而后分开。直到章暮飞他们走出店里，傅茗萱入座后，才捂着心口说："吓死我了……池城，你刚刚有没有看清楚那女人脸上的疤痕？怎么会长成那个样子，可真吓死了。"

骆池城从怀里掏出一包烟，缓缓地抽出一根，手指在烟上面摩挲了会儿。店里是禁止吸烟的，但是他此时迫切地需要一根雪茄，来抚平潮涌般莫名烦躁的心绪，还有那差点儿喷薄而出的想追出去的心情。

这几年来，他一直忍着不敢去见她，可几个星期前还是遇见了，在王嘉楠的办公室里。她依旧是原来那个英勇往前、什么都不惧怕的样子，貌似还护着一个高中生，似乎是叫梁小东的。

这么多年了，也不知道她到底过得好不好。

骆池城莫名地烦躁，把烟放在唇上抿了抿，又把烟拿下来："茗萱，我记得你从不多管别人的闲事。"

"话是这么说，但是安琪你记得吧？我那个做检察官的闺密，她可是看上章大律师好久了，就是不知道他喜欢啥样的，没想到啊没想到，居然会是这样的女生。不行，我得赶紧给安琪打个电话去……"

过了好一会儿，傅茗萱才挂了电话，发现骆池城一直坐着没有动，也不知道在想什么事情，连桌子上的菜单都没翻过页。

她小心翼翼地看他一眼，笑着问："怎么不点菜？"

看着面前的女孩，骆池城突然没了吃饭的兴致。

他推开凳子站起来："你先点，我出去抽根烟。"

[5]

吃完晚饭后，傅茗萱缠着骆池城逛了好一会儿，才依依不舍回了家。骆池城匆匆从另一个区赶回公司，本来只不过是拿几份资料，谁想到王嘉楠的办公室居然亮着灯。

骆池城只是刚好走过，却陡然听见办公室里爆发了争执的声音。

他滞了脚步，留神听起来。

张欣彤耷拉着头坐在沙发上，唯唯诺诺地看着站在她面前的男人。

王嘉楠气不打一处来地盯着面前这个女人，气急败坏地说："我不是让你没事别过来我公司吗？办公的地方，你一个女的过来做什么？"

"就是你最近经常不回去，我才过来看看你……"张欣彤讨好地说，"我还给你带了夜宵来，你喜欢吃的啤酒鸭和锅香肉丝……"

王嘉楠一脚踢翻了面前的餐盒，气势汹汹的：“别给我来这一套。张欣彤，不要以为我不知道你心里面在想什么。”

王嘉楠的眼光太毒辣，盯得张欣彤心里头瑟缩了一下。

她缩着肩膀，把嘴唇咬得青白一片，用委屈的口气说：“我在想什么？我不过是顺路过来看看你而已。”

“哼，过来看我？我说了，你平常做了什么事情，不要想瞒着我。”王嘉楠闷哼一声，而后身体前倾，伸手捏住了张欣彤的下巴，用只有他们两个人能够听见的声音低声说，“前几天苏琦去找你了吧，你和她说了什么？”

张欣彤没想到这件事居然被王嘉楠发现了，心里又惊又怕，全身抖得筛糠一样。

“你、你是怎么会知道……”

明明她一直很小心地避开门口的电子眼，可她万万没想到的是，王嘉楠居然在家里的所有角落都安装了监控。

王嘉楠摇晃了一下手机里的监控录像说：“那天她进门的时候我就在车上看到了，之所以没有回去，是因为想知道你们到底会说什么而已。”

听到王嘉楠这么说，张欣彤心里的恐慌急剧增加到临界点，她脸色发白，抖着嘴唇说：“我什么都没有和她说……”

王嘉楠十分轻蔑地甩了手，阴阳怪气的：“要是你和她说了什么，你觉得你还能活到现在？”

张欣彤索性抱着他的大腿，可怜巴巴地说：“嘉楠，我已经跟你在一起了，我不会做对不起你的事的。”

“呵……你知道现在我们两个人踩在同一条船上就好。别以为我不知道你以前做过什么事情，你和苏零的事，我可是清清楚楚的，那时苏琦那边也是你去通风报信的吧。要是你再和苏琦那娘们说了什么，就别怪我不客气。”

张欣彤眼泪都要下来了，王嘉楠知道，他果然什么都知道。

“那都是我和你在一起之前的事情，而且我已经叫苏琦别再追究这些事情了……嘉楠，我都这样做了，你还不能原谅我吗？”

“以前的事情就算了，算起来，苏零那小子也死得够久的了，他也没法再蹦跶了。可是我看他姐还是挺能蹦跶的，还在穷追不舍这件事！”

张欣彤连忙说：“我已经让她别再追究这事了。”

“你看她的样子，像是你说几句话就不追究的？我看她根本就没有死心，一门心思地想找出害死她弟弟的人。要是真被她追根究底，后面牵扯到多少人！”

张欣彤抖着嘴唇，想说什么，却什么都说不出来，王嘉楠背后的事情，她知道一些，不知道一些，但终归知道得少比较好。

她莫名地吞了吞口水，摇摇头：“她……她什么都查不出来的……”

王嘉楠手里拿着一把瑞士刀，在手里甩来甩去着玩，又面带讥笑地说：“我找人去查了她，你猜怎么着？她居然进入一家律所了，还找了个律师庇护，把她保护得密不透风的……她还挺能耐的，能找到这么个厉害角色，不过我有的是办法对付她。”

张欣彤狠狠抽了一口凉气：“嘉楠，你要找人去对付她？”

一种深深的恐惧感捕获了她，她知道王嘉楠能做出来的，多半不是什么好手段。

王嘉楠漫不经心地看了她一眼，脸上全是得意的神色：“怎么，如果我说是，你还要跑去给她通风报信？哦……我差点儿忘了，她还是你初恋情人的亲姐姐呢。亲姐姐有难，你帮是不帮？”

王嘉楠把手里的手机丢过去："你现在就给她打电话，说我要对付她啊，你打啊。"

张欣彤抹了一下眼泪，不怒反笑："嘉楠，你……别开玩笑了。"

"我是让你认清楚你自己的身份，别忘了你现在是和谁在一块儿。那个苏零有什么好，亏你们一个两个为他牵肠挂肚的。别忘了，他早就被碾成灰，葬在地底下好多年了。还是说，你现在还觉得，死人还比活人好？想要跟着他一块儿去啊？"

王嘉楠说这句话的时候，张欣彤忍不住打了一个激灵。她没有忘记，王嘉楠得到她的时候说了句什么。当时他说的是，老子就不信了，凭什么苏零手里的东西，我就不能抢了，我还真不信邪。

[6]

宿醉的感觉很难受。

苏琦本来想去上班的，可第二天脑袋昏昏沉沉，不得已向律所请了半天假。

前一天的事情她记得七零八落的，只记得一时激愤之下喝了不少酒，似乎还说了很多醉话，那些话章暮飞也一并照单全收了，送她回来的时候只叮嘱了她好好休息。但让苏琦觉得奇怪的是，她记起来的昨晚零碎的片段中，还不止章暮飞一个人的脸。

还有程池的。

苏琦用手打了自己的脸："不是说了永远不再想起这个人了吗？苏琦，你真没志气！"

尽管已经这么提醒自己了，可一个下午还是做什么都提不起精神，一路开小差。终于熬到下班，在走出地铁口的时候，苏琦一个恍惚，就听见一阵风驰电掣的引擎声呼啸而来。

那种声音太刺耳太突然，从远处驶来直到近在咫尺，不过几秒钟的时间，苏琦来不及反应，那辆高低摩托车已经变道拐到她身边，在经过她的时候，故意地蹭了她一下。

车手戴头盔和黑手套，身上裹得严严实实，离得很近了也看不清脸。车子像是一阵风忽而飘到了苏琦面前，猛烈地把她狠狠地带了一下。

苏琦警觉地向后退，但还是踉跄了一下，手肘被擦伤，火辣辣地疼，还没恍神，又有两辆高低摩托车呼啸着驶了过来。

前后一共有三辆车，车手的装备几乎如出一辙。苏琦心里猛然跳了一下，知道这些人并非善类，而且都是冲着她来的。

苏琦躲过了一辆，却没办法接连躲过另外的两辆，最后一辆驶过来的车手手上晃动了一下，居然拿出了一把明晃晃的小刀，一边开过来，一边朝着苏琦挥舞着。

苏琦拿着包抵挡，小刀把包划出了一道长长的划痕，刀刃划破皮革时那刺耳的声音提醒了苏琦，她也曾经受过这样的伤，就在脸上。

而此时又有人想要再一次划破她的脸！苏琦没有惊恐，反而有一种出离的愤怒，厉声喊着：“你们到底是谁派来的？”

“嘿嘿……这你就不用管了！”车手说完后，又使劲地加大了手劲，车子像是疯了一样地开到了苏琦面前，阴阳怪气地说，“有人让我给你带一句话，别多管闲事，免得引火烧身！”

对方来势汹汹，速度又极快，下手快狠准，不是外头随随便便的人能干得出来的事情。苏琦觉得自己肯定是躲不过了，她闭着眼睛，想着伸头一刀，缩头也一刀，大不了再划一刀，她不信这笔账清算不了！

电光石火间，忽而有一个人拉住了她的手臂，把她拽到自己身前护着。这个人身上熟悉的气息，还有那矫健又熟悉的身手，让她眼热。

苏琦觉得天旋地转，而后撞在了一具温热刚毅的身躯上。太猝不及防，她甚至以为是自己产生了幻觉，不然怎么会突然有眩晕的感觉？

像是天旋地转，所有的事情都变得无比清晰，却又无比混沌。

骆池城把苏琦护在身后，很快又和前面的三个车手缠斗起来，另外两个车手开车掩护那名拿着小刀的车手向骆池城袭来。

骆池城眼疾手快地避过了其中一辆车，另一只手按在拿着小刀的车手手臂上，用力一扭，只听见咔嚓一声脆响，那个车手竟失去了平衡。

车子一路跌跌撞撞，只开出了几米就栽在了地上，那车手跌得惨痛，惨叫声连连：“我的手，我的手折了……”

另外两名车手仗着人多，一左一右驾车冲了上来。对方来势很猛，又下了重手想把骆池城往死里撞，骆池城为了不伤到苏琦，只能把他们引到另一个方向去。

车子的速度极快，骆池城很快就被两辆摩托车交叉着逼到了死角。就在车子堪堪要撞到他的时候，他突然踩着背后的墙向上腾跃，半个身子扑在了一名车手的身上。

车手被挡住视线失了准头，狠狠地摔倒在地上，砸得摩托车的配件七零八落的。骆池城扑在车手身上，狠狠地给了他一个手刀。

骆池城的手劲大得惊人，又是练家子，那车手趴在地上闷哼一声，脸色惨白一片。

就在骆池城要起身的时候，从摩托车的后视镜里看到了摇曳闪动的人影。原来是第三名车手下车后直奔过来，想要从后面袭击他。

“小心！”苏琦歇斯底里地呼喊着，却已经太晚了。那人蹿到了骆池城后方，用手臂卡住了他的脖子，把他往后拉。

苏琦看得心都提了起来，脚像灌了铅一样挪都挪不了，他以前打拳的时候她就知道他身手灵活。

她看他打过无数次拳，但都没有今天这么惊心动魄过。

骆池城现在是以一敌二，有名车手在他身后扼住了他的脖颈向后用力，试图让骆池城失去反抗力。

另一个车手见状赶紧爬起来帮忙，死命地踹了骆池城几下。

脖子被人从后面架着，前面又有人在攻击他的下盘。车手在他的大腿上踢了两脚，皮鞋踹到皮肉发出沉闷的噗噗声。

骆池城现在是腹背受敌，形势十分不好。但即便是这样，他也没有闭上眼睛，而是紧紧地盯着在马路另一边的苏琦。

那个在这几年来，让他牵肠挂肚，而又不敢去触碰的女人。

是他心中最柔软的一角。

他看见她撑着身体弓着背走了过来，手里拿着一块碎掉的玻璃。

她想做什么……

不，不行……

她的双手不能沾染上血污。

“不要过来！”骆池城对着苏琦的方向喊了一声，在对方的手臂即将要触碰到他的身体之前，借着后面架着自己的这两只胳膊，猛地移开了头，俯下身体。

前面车手的拳头挥在了他的队友身上。后面的车手吃疼，嗷地叫了起来，架着骆池城的双手有了松动。

骆池城一个鲤鱼打挺跳起来，踹开了对面的人，又一个手刀，把后面的车手给解决了。

整个过程行云流水，不过十来秒就解决掉了两个人。

两个车手瘫倒在地，缓了一会儿才爬起来，架着另外一名手受伤的车手逃之夭夭了。

苏琦惊魂未定，就看见骆池城看着她的手，上面正在往下淌着一滴一滴的血液。

血滴落在地上，溅起水花，刺痛了某个人的眼。

骆池城紧皱着眉头："你没事吧？"

苏琦这才发觉，刚刚她在路边捡了一块碎玻璃捏在手里，因为太过紧张，整个手都被玻璃割伤，血流了一地。

她刚刚是想做什么，帮他解围吗？

苏琦莫名地对自己生气，讥讽地翘着嘴角："没事，死不了。"

骆池城别过头，尽量不去看她蹭破了的手肘和膝盖，那猩红色看得他莫名生气，只觉得刚刚收拾那几个人，揍得不够狠。

他俯身拾起了她的包，接着说："这里不安全，我送你回去。"

"不用……"苏琦话音未落，身体已经腾空起来了。骆池城把她扛了起来，她的胸抵着他的肩膀，腰恰好卡在他的手臂间。

这个姿势也迫使苏琦头朝下，不仅胸闷气短，还气血上涌。

"程池，你……"

苏琦被箍住了腰，动弹不得。骆池城是知道她软肋的，她一扭动，他就箍得更紧，她甚至可以闻到他身上的古龙水味，和着汗味，让人心驰神往。

"别乱动，扯到了伤口更疼。"

说完后，苏琦真的趴着不动了。

能舒服地趴着何必站着，她从来就不是一个矫情的人。

第八章

我们置身在极高的两座山脊上，
遥遥的彼此不能相望

[1]

骆池城的车子就停在不远处，车门都没来得及关上。

苏琦瞄了一眼捷豹车的车标，就这牌子的车子随便放大马路上没丢，也是稀奇。

骆池城把她放在副驾驶位上，又从后座拿了医药箱出来，里面果然林林总总什么药品都有。

气氛突然诡异到极点，苏琦一直默不作声，骆池城也没说话，一只手拿着蒸馏水瓶子，另一只手细致地帮她冲洗干净手上的碎玻璃碴，又用消毒水再反复冲洗。

苏琦从前不知道他还有这么细心的时候。

光阴荏苒，不过几年的时间，他变了，她也变了。

手上的伤口沾染到消毒水，有一刹那的刺痛感，苏琦下意识缩了手，骆池城睫毛微动："等会儿去医院打针破伤风针，很快就会好。"

苏琦甩了甩手，想让上面的水汽蒸发得更快一点儿。

她扯了扯嘴角，用不在乎的口吻说："没什么，当初脸上划这一刀，我也没打针，不也好好的。"

这一句话说得轻巧，却在骆池城心里刮起了一阵毁天灭地的旋风，他从来不为什么事情所动，但是这个女人，她的一句话就能够让他心里的所有建树都毁天灭地。

他心疼她，疼得百爪挠心，脸上却不动声色。

他的目光拂过她脸上每一寸肌肤，最终落在了那蜈蚣一样丑陋的疤痕上。

“谁弄的？”

尽管有所掩饰，但还是带了些许怨气。

苏琦毫不掩饰地和他直视，眼里星芒点点。她哂笑着：“怎么，你还对这种事情感兴趣？”

骆池城脸色一沉，不再和她说什么，回头把医药箱拿回后座，坐到前面启动了车子。

苏琦把车门关上，环抱双手闲暇地看着窗外。

车窗外的景色流水浮灯掠过，骆池城的车头有一只迅猛在向前扑的豹子。苏琦突然觉得这只豹子和他挺像的，在捕捉猎物的时候。

骆池城低下头，把身子靠到她的那一侧。

苏琦的防御心特重，身子一歪差点儿没弹起来，等到看见他只是想替她系上安全带，她才蹙着眉，喃喃说：“程池……”

她想叫他不用对她太好，反正他们两个人的关系，也就这么着了，不会再好，也不能再坏。但转念一想，终究是他对不起她更多，他怎么对她都不为过的。

这么一想，她又抿着嘴不吭声了。

又听见她喊他的名字，骆池城有点儿心驰神往，有多少年没听见这个名字了？他都有点儿怀念那时不管不顾的自己，可是现在听来，却只剩下令人伤感的往事。

人在江湖，就有很多身不由己的时候。而这浑水，他不能再让她蹚进来了。

“苏琦……”骆池城顿了顿，艰难开口，“以前是我骗了你，我不叫程池，我真名叫骆池城。你那天应该也听见了，公司的人都叫我城哥。”

心里的旧伤疤就这么被赤裸裸地呈现在面前，他承认他骗了她。他所说的所有话都是骗人的，甚至连他的名字都是假的。可他一点儿也不为此感到痛苦和难过。

听到这里，苏琦心里没有痛意，只有决绝的快感。

总有人喜欢一遍又一遍地撕扯自己的伤疤，等到那个疤长出了厚厚的痂，又再撕掉。循环往复，让自己记得那种痛，记得不要再重蹈覆辙。

苏琦轻快地吹了个口哨，笑着说：“哦？然后呢？”

骆池城看她一眼，说：“我已经有未婚妻了。你昨晚也见过，叫傅茗萱，是个律师。”

昨晚？苏琦回忆了一下，才从那碎片般的记忆里整理出一张模糊的脸。

她抿嘴笑：“应该是见过的，又记不太起来了。”

原来她和他昨天晚上真的见过面，还不止他一个人。但是她喝醉了，所以把那一部分的记忆全喝断片了。

“你昨晚喝醉了，所以不记得了也很正常。”

“所以，你现在跟我提起这件事是为什么？让我想想，程池。哦不，是骆池城。”苏琦大剌剌地看着他，用无所谓的口吻调侃道，“我从未关心过你七年前失踪的事情，你该不会认为我还对你有意思吧？”

骆池城默然不语，只有眉头上紧锁的“川”字流露出一点儿内心的动荡。

夜凉如水，苏琦把车窗降下来，晚风拂动她的头发，很多东西都被往事吹散。

不记得哪一本书说，一个人身体细胞的更新周期是 200 天，大约七年，就会全部更换成新的细胞。七年了，连身体的所有细胞都更迭一新，什么都可以改变，又怎么能再扯以前的事情出来呢？

更何况，眼前的这个男人，根本就不知道在这七年间发生过什么。

他甚至连她为他掉了一个孩子都不知道。

她什么都不想说。

苏琦撇撇嘴，把声音都留给吹散的风。

“没意思，当真没意思极了……”

无论苏琦怎么坚持，骆池城还是把车子开到医院，让医生给她打了一针破伤风针。

苏琦打完针从急诊室走出来，就看见骆池城站在医院空旷的停车场边上，背对着她在默默地抽烟。

苏琦慢慢地踱步过去，打量着这个宽肩蜂腰的男人。

七年不见，他好像瘦了，头发剪得很短，脸的轮廓仍旧像刀刻一般。七年了，她老了，心被现实磋磨得沧桑到不像话。而他呢，还依旧是那个样子，甚至于……更有男人味了。

北京夜晚的天依旧是黑压压的，让人透不过气来的感觉，但这个男人，无论他站在哪里，依旧是夜空中那颗最亮的星。

苏琦径自走过去，一声不吭地把车门打开坐进去。

骆池城匆匆地熄了烟，也跟着坐进车里。

两个人陌生得不说话，也熟悉得不用说话，就知道彼此想要做什么了。这种关系，让快人快语的苏琦郁闷到极点。

她忍不住发问：“骆池城，之前的事情我不想知道，但是你当年那么忌讳王嘉楠，你还和他进同一家公司？”

刚好遇上红灯，骆池城踩了刹车，挑眉看她。

“什么时候对我们公司感兴趣了，你让那个律师来调查我？”

苏琦也意识到，骆池城身上的气场变了，变得警惕了，像是浑身汗毛都竖起来的豹子，一只即将进入战斗状态的豹子。

既然他已经知道她在调查他们公司的事情，那么他们也就站在了避无可避的对立面上。

她苦笑着摇了摇头：“我们早就不是一路人了。如果你和苏零的死有关系，我也不会放过你。”

一场交谈，到最后还是落了个不欢而散的下场。

[2]

过了几天，律所开完例会，章暮飞单独留下了苏琦。

投影灯的蓝色光束还没关掉，章暮飞拿出一沓厚厚的卷宗。卷宗上“涉嫌非法买卖制毒物品罪”几个粗体大字看得人触目惊心。

那是苏零和谢依云的案子，也是苏琦研究了无数次的案子。骤然看见这些东西，苏琦就知道这阵子的追查有了眉目，顿时紧张起来，手指攥得发白：“这是……”

“你不要激动，我慢慢说。”章暮飞翻开里面某一页，纸张上露出一张狰狞又模糊的证件照。

那是谢依云所指认的，为数不多的一个人。谢依云被抓前提起和苏零联系的人里，就有这么一个人，说是苏零一直叫他“崇哥”。可惜苏零坠崖，谢依云也死了，认识这个人的抓不到，这条线索就这么白白地断掉了好几年。

而这个崇哥，在谢依云被抓后就人间蒸发，再也找不到了。

“温立崇，你还记得吧？你知道我们在哪个犄角旮旮里把他挖出来的吗？”

会议室里死一般寂静，章暮飞面色沉重地从一个牛皮纸袋里抽出一沓照片：“说来也巧，前阵子我找人去查王嘉楠所在的庆辉物流公司，你猜查出什么来了？”

答案呼之欲出，苏琦跳跃的心反而平静了下来。就好像看电影看到最后，你知道结局会是什么，却不舍得看到大结局一样。

章暮飞把照片一张一张摊开放在桌上，接着说：“说来也凑巧，我们的人刚好就拍到几个工人在卸货的照片。我看了老半天，觉得这个人很眼熟，你仔细看看，这个货车司机像不像上面这个崇哥？”

章暮飞所说的照片上的人，其实只占据了很小的一个角落，照片拍摄的角度很刁钻，那个人头上戴着鸭舌帽和口罩，只在很短暂的时间内拿掉口罩抽了一口烟，而照相机刚好捕捉到了这个人的脸。

“每个人的脸部都有独一无二的特征，我之前学习过人脸辨认的相关知识，无论怎么伪装，人的三庭五眼距离是不会改变的。你看他的五官位置，最重要的是他的耳朵形状，是不是同个人？”

这些照片换了是其他的人来看，绝对看不出什么猫腻来，可是章暮飞对这案卷太熟悉了，闭着眼睛都能认出里面的人来。而他又对某些人具有绝对的敏感度，所以就看出照片里的人来了。

苏琦认真地比对了下，点了点头：“的确是他。五官做了微整，眉毛做了修整，留了胡子，可是……耳朵没有变化。”

两个人又对照片上的其他人做了研究，可是都和苏零的案子扯不上什么关系，忙活了半天才作罢。

苏琦看得头昏脑涨，眼冒金星。章暮飞把照片妥当收好，悻然说：“既然现在知道他在哪个公司，就好办多了。”

苏琦皱眉：“这家公司还查出什么了吗？”

章暮飞说：“根据庆辉物流公司的工商注册资料，这家公司登记在一个名不见经传的人底下，但实际控制人是傅庆生。”

“主要做什么生意呀？”

“主营物流和运输这块，公司挂名了好几十辆货车，台面上的账目查不出什么纰漏，具体的业务还要再深挖下去才能查出来。”

苏琦抬眼：“你的人还能进去吗？”

“恐怕不行了……”章暮飞顿了顿，说，“上次我们的人是借着记者采访的路子进去的，好不容易才能拍到这些照片。现在他们公司围得铜墙铁壁一样，而且里头的人很机警，问什么都不说。里头还有二十四小时不间断闭路电视，做什么都很容易被发现。苏琦，要想搞清楚这些事情，还得再找其他方法才行。总而言之，这对我们来说，已经是一个重大突破了。”

苏琦若有所思地点了点头。

章暮飞却突然想到什么，欲言又止地说：“我知道你心里在想什么，你可不要以身犯险，那里头很危险。”

“知道了，如果没什么事的话我先走了。”苏琦很轻巧地说，又推开门出去了，倒是留下章暮飞一个人怅然若失了。

看着苏琦的背影，章暮飞的眼皮突然往上跳了三下。他揉了揉太阳穴，总隐隐有种不祥的预感。

[3]

苏琦穿着厚重的清洁工人的衣服，戴着口罩，一下一下地扫着大街。

也许是福至心灵，原来扫这块片区的清洁工人李姐这几天生病了，她很快交接了工作，每天早起到这里扫大街。

眼下是一天里最难熬的时候，下午两点，太阳恶狠狠地晒着，路上没什么人，偶尔有公交车经过，还有背书包上学的附近学校的学生。

街道上很安静，只有扫帚扫过地面透出的“沙沙”声。衣服又重又不透气，贴在皮肤上难受得紧，苏琦额头上冒出了汗珠，后背被汗所浸透。

四下里没有人，连一点儿风也没有，苏琦索性把小推车推到树荫底下，扔了扫帚，毫无仪态地坐在树底乘凉。

清洁工人会怎么坐，她就怎么坐在台阶上，大剌剌地跷着二郎腿，又时不时地向不远处的一个仓库大门张望。

那是庆辉物流公司仓库的后门，平时大门紧锁，蚊子苍蝇都飞不进去一只。里面偶尔还传来几声恶犬吠叫的声音，听得人胆战心惊的。

难道这条线索就这么不明不白地断了吗？要等章暮飞那边打听出来消息，不知道又要花费多久时间，而自己这几天的盯梢，也全没用了……苏琦一边盯着那边的动静，一边在心里盘算，过了一会儿，街道上响起了大货车开过来的轰隆轰隆的声音，庆辉物流公司仓库的后门哗啦一下也打开了。

苏琦的全身像是过了电一样，打了一个激灵。

大货车缓缓地开进了仓库，工人们忙着卸货装货，后门没关严，还留着一道小口子。有工人站在门口和保安聊天。苏琦坐在树下，脑海里闪过千头万绪。

最终，她还是踉跄着站了起来，蹲坐在台阶上太久，两脚都发麻了。

苏琦不紧不慢地走到后门，对着保安伸手：“保安同志，天气太热了，能不能给我一点儿水喝？”

保安不耐烦地推她：“没有没有，去去去！”

苏琦还不死心，嗓子眼已经快冒火了，扯着咋咋呼呼的嗓子说：“就一杯水……”

保安警惕性太强：“不是说没有吗，还不快走？”

“走就走，你推我干吗？”

话音未落，忽而从门里传来了货物轰然倒塌的声音。

有人气急败坏地喊着：“货倒了，快过来帮忙啊！”紧接着又是一阵断断续续的惊叫声、吆喝声和脚步声。

没一会儿，保安和货车司机脚底抹油一样跑过去帮忙了，苏琦在保安室旁站了一会儿，忽而闪身钻进门里，隐没了身形，从监控室里看不见了。

这实在是难能可贵的机会，苏琦进了门之后，朝着没人的地方跑，心里擂着鼓点一样，也不知道跑了多久，其实不过是一小段的距离，却好像奔跑了很长距离一样。

她从一个“L”形的拐角处拐进了楼梯口旁的杂货间，而搬货的工人全跑到那边帮忙去了，暂时没有人发现她。

苏琦跑得气喘吁吁，额头上全是汗珠。

她之前曾经看过这里的地形图，还觉得自己对这里的通道有点儿把握，只要拿到这家公司的物流单什么的，再借机跑出去就得了。可一跑进来才发现自己还是把事情想得太简单了，现实和电影里的不一样，电影里的主角都有九条命，可她仅有这一次机会，没办法重来。如果真的被抓住，那所有的努力就会荡然无存，甚至很有可能会把帮她忙的章暮飞都给扯下水……

时间慢慢地停滞下来，那边的骚动却还没有停止。工人们忙着把倒塌的货搬起来。

不一会儿，楼下的吵吵嚷嚷闹得楼上的人也听见了，不知道是谁去打了报告，就听见有一把熟悉的声音从不远处传了过来。

王嘉楠嘴上骂骂咧咧的，还打着哈欠："吵死了，你们在做什么？就不能清静点儿？"

一群人忙不迭地喊着"嘉楠哥"，看到王嘉楠过来，大气都不敢出。

"不就是货倒了，搞得和死了妈一样……"王嘉楠正在睡午觉，被吵醒了，火气大得很，叉腰站在那儿骂了有五分钟才消停。

过不久货也重新装卸好了，工人们很快恢复了工作秩序。

可王嘉楠还有起床气，叼着根烟，气急败坏地说："去，给我看监控，谁弄倒的，非扣他工资不可！"

底下的人点头哈腰地去了，到了监控室里头一查，顿时脸色发白，再跑回去和王嘉楠一说，仓库里顿时炸了锅。

"怎么会跑进来一个清洁工的？查，快去给我查出是谁来！"

躲在杂物室里的苏琦，手上一抖，顿时面无血色。

[4]

门外响起了零星的脚步声，还有各种翻箱倒柜的声音，杂乱的声音传到苏琦耳朵里，她急忙躲进了杂物室的纸箱内。

苏琦在纸箱里待了好几个小时都不敢动弹，也许是她运气好，躲过了两轮的搜查。

直到外面万家灯火亮起，渐渐到了夜幕降临的时候。

苏琦身上的汗全都干掉了，夜里的风吹过来，让人瑟瑟发抖，一部分是冷的，一部分是惊的。

这一次出来，为了不祸害别人，她连手机都没带出来，现在懊恼已经太晚了。

她本想借着晚上监控模糊的情况下跑出去，可没想到六点一过，居然有人过来清理垃圾，把装着杂物的纸箱连带她一同用小推车推了出去。

清洁工还在一间房一间房地清理垃圾，苏琦寻找到一个空隙，闪身躲进了楼道里。

工人们陆续下班了，只有几个在守夜。苏琦站在楼道里寻找出口，再跑过一个拐角，忽而有人拽住了她的手腕，另一只手捂着她的嘴。

事情发生得太快，苏琦来不及反应，下意识就要弓腿踹人。这是程池之前教过她的防身术，没想到在这个时候用上了。

可对方更加迅猛地知道了她的步骤，用手控制住她弓起的腿，又制住了她的手，像是比她更先一步知道她的套路。

在这点上，苏琦彻彻底底地输了。

透过斑驳的窗户影子，有一个人在她的耳边呢喃。

“嘘……是我。”

在这一刻，苏琦后背都僵直了。她一声不响地回过头，对上骆池城浓黑的双眸，那里头有浓得化不开的愁绪和怒气。

不等苏琦开口，骆池城说：“跟我来。”

他把她径直拉到楼上一间无人的办公室里，反锁了门窗。

屋里只开了一盏台灯。

万籁俱寂，只有他的视线紧锁住她，步步紧逼。

骆池城不用想也知道，今天下午引起整个公司骚动的始作俑者是谁。他揉了揉眉间，皱着眉头说：“你知道王嘉楠那边的人，到现在还在找寻你的下落吗？你不觉得这样很危险？”

苏琦冷冷地说：“现在不是没事吗？”

没事？要不是他事先有所预料，紧赶慢赶地从外地跑回来，又看了监控录像，在公司里的每一个角落不停地找她，给她打掩护，她以为她能到现在还安然无恙？

“你以为自己很厉害？”骆池城在别人面前，从来没有这么勃然大怒过，但苏琦知道他是愤怒到极点了，她甚至可以看到他手背上抽动着的手筋。

他在竭力地控制自己的情绪。

但苏琦从不买账，她的眼神是桀骜不驯的，迎着他的目光而上，和他的抵死纠缠。

“那又如何？我只想做自己想做的事情。”苏琦又笑，眼睛里透着水盈盈的光，璀璨，也剔透，透着一往无前的光芒，“想做就去做了，有什么不可以？”

骆池城是真的不知道拿她怎么办好了，这个女人太危险，从他第一眼看到她的时候就知道了，恐吓和威胁对她来说是没有用的，但凡她认定的事，她就会去做。

她太危险的另一个原因是……她拥有致命的诱惑，让人忍不住想去亲近她，想靠近她，想征服她。

他逼近她，用手捏着她的下巴，轻轻摩挲她脸上斑驳得像蜈蚣一样的伤疤，那触感让人一触难忘。

他一直想知道是谁在她脸上做了这样的事情？可她不肯说，他就再也不会问。他想抚摸她的伤疤，想拥抱她一身的伤痕，可是现在的他，什么都做不了。

他只能让她走。

他在她唇边说："苏琦，我最后一次警告你，无论你是用什么方法，都不要再碰这家公司，不要再继续追查下去。"

因为，太危险了。他都不敢保证，自己还能不能护住她。

"哦？你害怕了？"骆池城的反常举动，更加加重了苏琦心里的判断。如果不是因为自己已经触碰到了庆辉公司的核心，他是不会露出这么惊慌失措的神情的。

她太了解他了，现在的他在害怕。

"只此一次，下不为例，别再进来了。这里对你来说，太危险了。"他再复述一遍。

"呵……"苏琦反而笑了，轻启唇瓣，"你在害怕，怕我把你们老窝给端了？"

他抚摸她的嘴唇，上面异常冰凉。

"我等下就送你出去，你应该离开这里，赶紧回去那个律师的身边。"

"这么着急把我推出去？"苏琦舔了舔嘴唇，心里抽丝一般疼痛，反客为主地把骆池城压在身下，用挑衅的口吻，"是因为我已经知道了你们不少的秘密？"

反正她都已经豁出去了，还怕他做什么？

流水一般的月色透过窗台投射进来，办公室里只有一盏台灯，却连对方的瞳孔颜色都一览无遗。

她看见他笔挺的鼻子，还有上面暗暗投射下来的黑色阴影，像层峦叠嶂的山峰。他脸上的线条一直都是坚毅的，像是有人用刀刻画的那样。五官太过深邃，又霸道，让人一见而难忘。

他也抬起头看她秀气的脸庞，她的头发蜿蜒在他肩上，两个人的距离自七年前分开以来，从来没有这么拉近过。

近在咫尺，却又远在天边。

她缠绵他指尖温度，他触摸到她脸上的疤痕。

末了，她狡黠地低头，在他的唇上舔了一下，味道一如往昔。

他却像触电了一样，迅速翻身把她压在身下，双手举高至她头顶。

他蹙眉，沉吟着："……看来我还是对你太过客气了，之前车手去警告你的事情，你大概已经忘得一干二净了。"

她笑了，笑得惊世骇俗，像是一只飞蛾，要去扑火。

"对啊，我就是不怕输，也不怕……死。"

骆池城气她有勇无谋又自不量力，气她一个人深入大本营，又不知道应该拿她怎么办才好，只能俯身去做自己此刻最想做的事情。

他低头，不管不顾地尝遍她的滋味。

两个人像是疯狂斗殴的狮子和猎豹，他追，她躲。他差点儿失控，力度太猛导致不小心咬破了她的嘴唇，有血腥味漫布唇间，却再也没有办法停止。

为一个吻，他红了眼，她几近哽咽。

"程池，你放开我……唔……"

[5]

也不知道吻了有多久，期间骆池城的手机响了好几次，他却像是没听见一般，又加重了这个吻。

直到门外响起了高跟鞋的声音，而后有人来敲办公室的门：“池城，你是不是在里面？”

是傅茗萱的声音。

骆池城放开了苏琦，把她拉到一间隔间里，嘱咐她：“不要发出任何声音，等我过来接你。”

门重重一关，骆池城的身影已经消失在门缝间。

过了十来秒，骆池城才打开办公室的门。

“你怎么来了？”

傅茗萱踩着高跟鞋进来，哀怨地说：“我就知道你又是忙着公事没时间陪我，刚经过你们公司见到嘉楠哥，他说你应该还在，我就上来了，不会吵到你吧？”

傅茗萱的眼睛从骆池城的脸下滑，看到了他凌乱的衣角。

“刚睡着了，你不来我估计还得接着睡。”骆池城不经意地说。

“你啊，就是工作狂，少加点儿班都不行。”傅茗萱娇嗔着，“不行，这次我怎么也得跟爸爸说，让他别老这么压榨你。”

骆池城揉了揉疲惫的眉眼：“这些事情，我不做，还有谁来做？”

傅茗萱眨巴眨巴眼睛，指了指自己：“我呀，我可以帮你啊。”

“你还是认认真真做你的大律师就好，公司的事情你别插手，太脏。”

傅茗萱讪讪地说道：“算了，不说这个事情了。跟你说件惊天动地的事，保准你听了吓一大跳。”

骆池城坐在沙发椅上：“有什么事情，这么吃惊？”

“你还记得前阵子我们一起吃饭遇到的章暮飞律师吗？还带了一个女伴，脸上有疤痕那个。”

“嗯？”

“我闺密安琪听完后，还不死心，还真的跑去调查了一番。你知道吗，章律师的那个女伴，居然被人包养过！”

这句话太石破天惊，不仅骆池城震住了，在隔间的苏琦也听见了。

就像突然间被人拆穿了什么，或是被人撕破了所有的衣服被丢在大街上，她突然觉得心里一阵空空荡荡的。

最不想让人知道的事情，终究是被人知道了。

她想抽烟，却发现身边无烟可抽，也无泪可流。

那明明是镌刻在她生命中的往事，也会跟随她一生，她又怎么能寄希望于别人不知道来掩盖这些事情呢？

苏琦冷笑着，继续听傅茗萱说下去。

“后来也许是被原配给发现了吧，那女伴逃不过，脸被人给划花了，估计也混不下去了，就灰溜溜地滚回来了，没想到还能傍上章律师这号人。我那闺密都快要疯掉了。万万没想到自己的情敌居然是这么厉害一角色啊。

“听说那女的劣迹斑斑，以前就是一个混酒吧的小混混，被包养、生私生女，还被人找上门来划花了脸……

“不过她还是挺有本事的，听说是跟了一个叫江逸的房地产商，啧啧，那可是富豪排行榜上赫赫有名的人，还给他生了一个女儿，不过这个女儿现在在哪里就不知道了……”

不知道傅茗萱到底还说了些什么，可苏琦已经听不见了，耳朵里是所有东西都倒塌的轰鸣声。

像是某个苦苦维系的屏障，碎掉了，再也拼不回来。

没有人知道那些年到底发生了什么、她经历了什么，骆池城不知道、肖林奇不知道，就连她最好的朋友盛夏也不知道。

[6]

“行了，别说了。”骆池城打断她，“茗萱，我累了。”

“我烦到你了？”傅茗萱咬了咬唇，像是泄气的气球般，过了好一会儿，才鼓起勇气说，“池城，我发现你最近对我挺不耐烦的，都不爱听我讲话了。”

“你知道我不爱听这些的……”

傅茗萱目光流转，忽而看见了骆池城嘴上裂开的一角。

“你这嘴唇怎么破了，刚和人打架啊？怎么像被谁咬过似的？”

“有吗？”

骆池城反手一擦才觉得有点儿钝痛。

傅茗萱忍俊不禁，拿出了自己的润唇膏：“我帮你擦擦吧。”

骆池城却是突然向后一仰，像是怕碰到她的东西一样。

“不用了，不擦这玩意儿。”

傅茗萱捏着润唇膏的手紧了紧，又向前一步，闭上双眼，使小性子地说：“那，你吻我一下。”

过了很久很久，傅茗萱才感觉到有一双手在揉着她的头发。

“别闹。”

傅茗萱还不死心：“……池城，你爱我吗？”

“傅大律师这么幼稚？”

傅茗萱不知道该说什么了，她拿他没辙，在他面前没办法摆一点儿架子。

从他做她爸爸保镖的时候起，她就喜欢他，她对他百般付出，他答应做她男朋友的那天，她都高兴疯了，可他依旧是这么冷冷清清的样子，你对他撒娇，他冷漠；对他生气，他也不会哄你，一副油盐不进的样子。

虽然他对别人也是一副拒人于千里之外的模样，可她以为，他对她应该会不一样才对。

北国之森 2

第九章

所有的结局都已写好，

却忘了是怎样一个开始

[1]

如果不是傅茗萱提起，苏琦根本就不想再想起当年噩梦般的生活。

当年，到底发生了什么？

在那次被江逸鞭打和蹂躏后，她逃也似的离开了出租屋，离开了那个让她无比伤心的地方。更多的是，想躲避江逸那个变态。

但是无论她躲到哪里，他都能够掘地三尺把她给找出来。

他威胁她，无所不用其极地对待她，而她在和江逸斗智斗勇的过程中，也逐渐掌握到了他的软肋。

江逸作为一个成功的商人，会心理变态成这个样子，是有原因的。他一直想要一个孩子，却一直都生不出来。

江逸能够给自己下套，苏琦也想给江逸下一个绊子。这一次，她逃得更远了。

苏琦带着江逸留给她的钱跑到了很远很远的地方，她知道江逸疯了似的找她，她在寻觅一个时机，一个能够拿捏住江逸的办法。就在七个月后，当她想去孤儿院抱养一个小孩时，恰好看见了谢依云她爸妈抱着一个襁褓丢在了门口。

苏琦走过去瞧，揭开襁褓，居然是一个温软的刚出世的小孩子。

她看着那孩子，那孩子也甜甜地在对她笑，脸皱巴巴的，一点儿也不好看，但苏琦莫名地觉得，这孩子一定就是苏零和谢依云的女儿，是苏零留在这世界上唯一的血脉。

苏琦把脸贴在孩子的脸上，似乎真的能够和她心灵感应一样，在那个时候，苏琦突然感受到了春暖花开的喜悦。

虽然起初只是想要找个孩子蒙混过关，到最后却完完全全地变了。苏琦给孩子起名童童。她在想，不管怎样，她都要把孩子养大成人。

江逸找到她的时候，连带把童童也认下来。

他并没有带童童去验DNA，苏琦在想，只不过是因为他有绝对的信任，信任他对她的把控，但是他决然没有想到，童童不是他的女儿。

只不过后来纸还是包不住火，后来肖林奇的女朋友郭姗姗把所有真相告诉了江逸。江逸发了狠，让人去找苏琦和童童。

肖林奇就是在那个时候被江逸的车子撞伤导致瘫痪的。而苏琦的脸上，也被江逸留下了永远抹不去的痕迹。

再次想到以前的事情时，苏琦忍不住，伤心地哭了。

往事太过沉重，沉重得连眼泪都覆盖不住伤痕，承受不住那些悲伤的重量。这么多年的负载沉疴，她以为她可以背负的，却在一瞬间被人狠狠击碎，痛彻心扉。

苏琦不知道傅茗萱是什么时候走的。

只记得骆池城再次打开隔间门的时候，看着她的眼神十分复杂，包含了很多情感，有探究、有关心、有心疼，甚至还有……内疚。

苏琦早就擦干了眼泪，但她不知道骆池城有没有看出她脸上的泪痕。

“有烟吗？”

骆池城很快说：“抽烟对你身体不好。”

苏琦抬起脸：“你知道吗，她刚才说的都是真的。”

骆池城没有动，甚至连呼吸都快要停止了。

“和江逸在一块儿、生过一个孩子、被划花脸，都是真的……”

天知道她说出这些话，需要多少力气，她本来可以不用向他交代的，但是她却固执地想要告诉他。

她要撕碎他在她身上的所有妄想，逼迫他们两个人对立起来。

她像是被宣判了的犯人，古代人被罚都是在脸上刻字，她是脸上被划花，这条疤痕会伴随她一生一世，是她欺骗江逸的惩罚。

她身上背负了那么多人的债，苏零的、谢依云的、童童的，永远都还不清楚了。

他看着她，从她的瞳孔里看至她灵魂深处，看到她的痛苦和挣扎。

这么多年了，他从不觉得生活有多苦涩，可是现在，他却突然觉得眼前一片黑暗，像是失明的人见不到光亮。

“疼吗？”他问。

她笑：“不啊，就是有点儿痒……都这么久了，谁还记得呢？”

“你应该早点儿告诉我。”

如果当时他在，不会让人这么欺负她。

“告诉你有什么用？”

她被人挟持欺负的时候，他在哪儿呢？她被江逸拿着皮带抽打的时候，他在哪儿？她拼尽全力想挽救苏零，到最后眼睁睁看着苏零死的时候，他又在哪里？

苏琦不以为然地说：“在困难出现的时候，你没有站出来，那就永远不用再出现了。”

那时骆池城正好站在落地玻璃下，有月光洒在他的眼角眉梢，从苏琦的角度看过去，只觉得他的肩膀第一次这么瘦削，眼神也落寞沮丧极了，全身都像在散发着森森寒气。

可他一句话都没说，也没有为自己辩解，只是默默地抽了一根烟。

抽完后，他才说："我送你回去。"

[2]

从庆辉物流公司回来后，苏琦一直都睡不好，每天晚上做梦梦里都是她趴在箱子里，倒数着一秒一秒时间的场景，一想到就全身打哆嗦。

看得见摸得着的恐怖并不可怕，但根本就不知道以后会发生什么的未知恐惧才可怕。要是真的被抓住了……苏琦后知后觉地产生了某种恐惧，更严重的是，章暮飞不知道从哪儿打听到了这件事情，对着她劈头盖脸就是一顿骂。

章暮飞痛心疾首地说："我之前是怎么告诉你的，别去涉险，你不听，现在好了，打草惊蛇了！"

"这事是我不经思考，鲁莽了。"苏琦说，"下回真不这么做了……"

"下次，还有下次？你到底想要做到怎样才满意？"

印象里，这还是稳重镇定的章暮飞第一次对她发这么大的脾气，他在人前从来都是不慌不忙的律师形象，没有什么事情能够让他失去自持。

可是今天他也破例了。

"我不知道你是怎么从那里面平安出来的，但是你要记住，这次是你命大，能够全身而退。要知道，你不知道游戏规则就进入他们的游戏中心，出了事就连神仙也救不了你。

章暮飞神情严肃地说："王嘉楠那群人，就是不折不扣的疯子。他们毫无秩序、蔑视规则，只要是他喜欢的东西，他就要得到手，不然的话，就会疯狂地报复，甚至不惜摧毁破坏殆尽……无论是东西，还是人。"

苏琦强装镇定："章律师，你到底知道什么？"

"有些事情我不想告诉你，是为了保护你，但是你不知道也不好。今天我不得不告诉你一个残酷的真相。"

说完后，章暮飞转身开了背后的保险柜，从里面拿出一本厚重的卷宗。

"这个案子因为牵涉未成年人而保密，知情人一手都能数出来，而恰好，我是办这个案子的其中一个律师，所以才会知道这些。"

章暮飞顿了顿，说："余晓雪是苏零的同学，她的真正死因，你想知道吗？"

章暮飞的声音像是带有魔力，引导着苏琦鬼使神差地走到桌前，翻开了那本仿佛带着诅咒的卷宗。

卷宗封皮是棕色牛皮纸，上面用黑色字体写着：余晓雪暴病身故案，犯罪嫌疑人：王嘉楠、郭飞、陈泽雄、何志平等。

处理结果是意外死亡。

因为时长日久，卷宗的封皮微微卷起，泛着陈旧灰败的颜色。它掩盖着的，是一名女孩子在最好的年纪里生命消逝的真正原因。

苏琦伸出手，翻开了卷宗第一页。

目录上密密麻麻的都是字，苏琦只看了目录上的标注就已经受不了了，110报警中心的《出警记录》、派出所的《现场勘验报告》、刑事法医出具的《死亡鉴定报告》，还有证人和犯罪嫌疑人的口供和笔录……

每个字、每张图片都像敲击在心间，割肉一样疼。

警察的《出警记录》上清清楚楚地写着余晓雪是在当天凌晨被一名拾荒老人发现的，被发现的时候身体僵直，口吐白沫，身上还有不知名伤痕，被发现的时候就已经死亡数小时。更让人难过的是，余晓雪赤裸裸躺在解剖台上的照片。她的全身遍布着数不清的青黑色斑痕，大大小小有几十处，全身上下就没有一块完好的地方。

这些无一不在控诉着，余晓雪身前遭受了怎样的灭顶之灾，她是受尽了无数折磨才死的。法医的尸检报告上分明写着，死者余晓雪生前曾经遭受过重击，还有怀疑身体各处被尖锐物刺穿，有多处毛细血管破裂，而导致她死亡的真正原因，并不是这些肆虐的殴打，而是注射海洛因过度。

她在死前，该是经历了怎样的痛苦和绝望？她的嘶吼和呐喊，会有过路人听见吗？

苏琦不是一个懦弱的人，更难得掉过眼泪，但是这一次，却是真的忍不住，眼泪像是突如其来的暴雨滂沱，大颗大颗地掉下来，却死死地咬着嘴唇，不发出一点儿哭声，呜咽着，像只受伤的小兽。

她受不了，她真的受不了这样的事实。发生这件事的时候，她就觉得这件事有猫腻，觉得余晓雪死得太过蹊跷，她甚至和苏零一起去了余晓雪的葬礼。

在时隔这么多年后，事实赤裸裸地呈现出来。

她终于知道了事实的真相，但是她什么都做不了。

苏琦轻轻地抚摸着卷宗，喃喃地低诉："怎么会这样，怎么会是这样？"

九年前的某个晚上，从眼色里离开的余晓雪，被步履匆匆的王嘉楠那群人拦住。

“哎哎，这么着急走做什么？”王嘉楠痞里痞气地挡住了余晓雪。

余晓雪背着书包，又急又气地跺脚：“王嘉楠！”

“好不容易出来一趟，这就想走了？”王嘉楠上前拉住她的手臂，“先去兜个风？”

王嘉楠的几个朋友也在一旁帮腔，把余晓雪闹得脸红：“你放开我，我要回家了。”

“回家而已嘛，我又不是不知道你家在哪里。你想回家还不如搭我的车？”

“我……我自己回去就可以了。”

“又不是没坐过我的车，顺路载你回去，怕什么？”

王嘉楠不容她拒绝地把她拉上了车，又反锁了车门。另外的人也都陆续地上了其他的车一路跟着。

在车上，余晓雪还有点儿气鼓鼓的：“你怎么能那么和苏零说呢？你又不是我男朋友……”

王嘉楠火冒三丈地说：“别给我提他！我就是看不惯苏零那个拽得二五八万的样子。”

所有人都对王嘉楠服服帖帖的，只有苏零，平时看着冷冷清清的样子，对着什么都没兴趣，整天捧着那把琴，还净招蜂引蝶！王嘉楠看着他就不爽。

“苏零得罪你了？”余晓雪挺莫名其妙的。

“你又不是不知道我对你的想法，还老在我面前提他？”

车子拐了个弯，余晓雪低呼一声：“王嘉楠，这不是回我家的路啊。”

王嘉楠把右手搭在余晓雪肩膀上，吹了个口哨，皮笑肉不笑地说：“这么急着回家做什么？才九点多，找个地方聊聊天不更好？”

余晓雪从王嘉楠的眼神里看到一抹不一样的东西，打了个激灵：“你还是把我放下来吧，我自己回去。”

王嘉楠一挑眉，眯眼说：“都已经这样了，你还想着回去？你就那么不想看见我？”

余晓雪嗅到了危险，放开声音嚷着：“你放我下去，放我下车！”

王嘉楠一踩油门，车子动力足，轰的一声朝前驶去，余晓雪被反作用力一弹，整个人磕到了座椅上。

王嘉楠一路开到了某处废弃的工地上，又不顾余晓雪的反对，把她反锁在车上，自己一个人下了车。

其他的几个兄弟也从另一辆车上下来，朝着他挤眉弄眼。

“怎么，楠哥搞不定嫂子啊？”

“看来嫂子很桀骜不驯嘛……”

王嘉楠瞥了一眼偷偷在车里抹眼泪的余晓雪，心情烦躁：“老子很烦，你们都别吵！”

有人给他点燃了一根烟，香烟星芒般的火光在夜里闪烁。几个人抽完烟，仿佛有了腾云驾雾的快感，这种快感也勾起了他们内心里最邪恶的想法和冲动。

其中一个怂恿着说：“楠哥，我看这小妞挺辣的，脾气又硬，要不直接给办了？”

王嘉楠扔了烟蒂，放在地上踩了又踩：“胡说什么呢？人家不肯，那是犯罪！”

“这还能难倒我们楠哥？天下无难事，只怕有心人啊。”

“你的意思是？”

“这还用我想，楠哥不是有让她乖乖听话的东西吗？”

“你说用那个？”

“用了那个，以后你让她往哪里走，她就往哪里走啊！恐怕还要求着你呢！”

王嘉楠摊开手，不假思索地说：“货呢？给我拿来！”

[3]

王嘉楠和其他人商量了一会儿，手里拿着一个针筒坐上了车。

“王嘉楠，你想做什么？”余晓雪的声音里透露着无助和恐惧。她仿佛已经预料到自己即将要面临什么，却迟疑着不敢去相信。她的同学居然会是这样一个蔑视法制和规则的恶魔。

他已经下地狱了，所以要拉着别人，和他一起下地狱。

“来试试，很好玩的……”王嘉楠谆谆善诱地说，“我可是把你当自己人，才让你试这玩意儿。来，把手伸出来。”

“不，我不要！”余晓雪往后缩着身体，可是背后根本毫无退路。

她疯了一样地啜泣：“王嘉楠，你这样……这样是犯法的啊！我求求你别这样做好不好？你听我的话，去自首吧……”

王嘉楠心里怒火突起，反手扇了她一耳光：“你知不知道你在说什么？什么自首，我做错了什么？”

余晓雪觉得嘴里漫出了血腥味，眼前直冒金星，她还是忍不住说：“你做出这样的事情，还怕别人知道？我要回去告诉老师，我要报警！”

余晓雪挣扎着想从书包里拿出手机，可是王嘉楠只是稍微一勾手，就把书包给扔了出去。

“我对你这么好，你还不满意？”王嘉楠俯身，掐着她的下巴，迫使她看着自己，“余晓雪，你别敬酒不吃吃罚酒。”

“我不会和你同流合污……”

“我打死你！打死你！”王嘉楠已经控制不住自己的心智了，只觉得余晓雪什么事情都反着干，既然这样，他就要打她，打到她乖乖听话为止。

宁死不从的余晓雪怎么也想不到，她的几句话会招致王嘉楠的暴打。已经发狂了的王嘉楠，根本不理会她的苦苦哀求，余晓雪一边啜泣一边躲藏，可是王嘉楠的拳头和腿脚纷纷落在了她身体上。

慌乱中，余晓雪头上的发夹掉在了地上，王嘉楠甚至用发夹戳着她的身体玩乐。

“求求你不要打了，别打了，别打了……啊！”余晓雪哭着哀求，叫声凄楚，听得人心里发颤。

其他人看见了不对劲，急忙走上前来：“楠哥，悠着点儿啊，别把嫂子打傻了。”

王嘉楠已经打红了眼，低沉着嗓音：“你们几个，还愣着干什么？还不帮我把她拉住！”

几个人手忙脚乱地拉住了余晓雪的双手双脚。王嘉楠手里拿着针孔，慢慢地扎在了不断挣扎着的余晓雪洁白的手臂上。

有冰凉的液体注入了她的身体，她的瞳孔一瞬间放大了，又紧缩。

因为忍受不了这些冰凉的液体，余晓雪突然力大无比地挣脱开其他人的束缚。针筒掉在了地上，王嘉楠眼疾手快地捡起来，再抬眼看，余晓雪整个人面露狰狞，身上不停地颤抖蜷缩起来，嘴唇发白发抖，像是经历着无比的痛苦。

“这是怎么了……”王嘉楠傻眼了，“是不是料下多了啊？”

“冷，冷，好冷啊……”余晓雪的嘴唇一开一合，像是脱水的鱼般，努力地张开嘴巴呼吸着微薄的空气。过了一会儿，她又觉得浑身好像有烈火在焚烧。

余晓雪瞪大了双眼，看着眼前这群施暴的狂徒，她的意识渐渐地溃散了，仿佛看见了最绚烂的烟花，在脑海里炸开了，又在一瞬间归于消亡。

在挣扎了几分钟后，余晓雪停止了呼吸。

“楠楠楠哥，她她她不动了……”

“出事了……”

轰的一声，人群乌雀般散开。

那个夜晚，是余晓雪经历过的，最无助最彷徨的夜晚。

天上一点儿风也没有，闷热得让人发狂，星星也躲起来了，仿佛不想去看这一幕惨剧。

讲述完了这一切，章暮飞眼神复杂，声音渐次地低沉下来：“当年余晓雪是被王嘉楠带着几个人注射海洛因过量而死。”

苏琦不懂：“为什么不能把他们都抓进去？”

“当时证据薄弱，而且现场勘查只能查出余晓雪是因为过度注射毒品而死，却不能查出是她自己注射，还是被人注射。就算能查出她被王嘉楠殴打，但那不是她的真正死因。换句话来说，也是他们运气好，凭借着年龄和赔偿等原因躲过了惩罚。”

真正的死因被时间和王家的人给掩埋了。到了现在，哪里有人关心那个十八岁少女被害的故事，估计只有她的父母会在悔恨中度过一生。

“不可饶恕，真的……”苏琦一闭上眼，就想起了当时在葬礼上看见的余爸余妈，还有他们歇斯底里的哭喊声。

章暮飞拍了拍她的肩膀：“我告诉你这些，是想让你明白，王嘉楠那群人是毫无底线的。当初他还未成年就能犯下这样的过错，现在更是让人猜不出他的手段能有多恶劣。苏琦，饭要一口一口吃，你逼急了，兔子还会咬人，更何况王嘉楠那群人？”

听到这里，苏琦突然打了一个冷战。她有点儿明白骆池城的苦口婆心了，可是假如，他真的彻底变成另一个人，加入了王嘉楠，甚至和他们同流合污呢？

她会放过他吗？

[4]

走出办公室的苏琦，魂不守舍地跑到洗手间里洗了把脸。回到办公桌上的时候，她的手机突然闪过了一条信息。

——梁小东被王嘉楠抓住了，现在很危险，琦姐快过来！

信息后面还附带了定位地址，虽然没有署名，但苏琦一看就知道是张欣彤发来的。

除了她，不会有别人更清楚王嘉楠的事情了。

去还是不去，一时之间，所有事情都涌上心头，再加上刚才章暮飞透露的余晓雪的死，苏琦突然有点儿站不住，感到天旋地转。

她急忙收拾桌上的东西，拿起了包包对同事说：“我有事，下午请假不来了。”而后一阵风似的跑了出去。

苏琦打了一辆车，坐上去后，手机突然响了起来。

“你现在在哪里？我就在你律所楼下。”

是骆池城的声音。

“骆池城，什么时候要你来管我了？”苏琦冷着脸说。

“苏琦，你一个字一个字地听我说，王嘉楠盯上你了。你现在别轻举妄动，好好留在律所别出来，等我去接你。”

电话那头还传来了电梯“叮”的一声，苏琦在车里连汗都流下来了。

不过十几秒，骆池城的语气紧张起来，眉头都揪住了：“苏琦，你不在律所，你现在在哪里？”

“我去哪里，去做什么，都不用你来管。”

“苏琦……”

不等骆池城说完，苏琦已经挂了电话。

司机瞅她一眼，呵呵笑了：“妹子，是和男朋友吵架了？”

苏琦把手机摔在包里：“专心开你的车！别多管闲事！”

“现在的年轻人，就是不珍惜感情，两个人在一起哪，要互相迁就……”

苏琦的手机再次响起来，一直响了很久很久。她忍无可忍地接起来：“骆池城，你究竟想要怎么样？”

“苏琦，你就不能听我一次？”骆池城说，“这次真的很危险。”

苏琦的声音透着寒意，仿佛是咬牙切齿地说：“骆池城，我已经从章暮飞那里知道了余晓雪的事情，王嘉楠那群人，他们怎么下得去手？现在我又怎么知道他会不会用同样的方式去对梁小东？我不去救他，眼睁睁地看着他去死吗？还有如果你也是和他同一伙，那就去下十八层地狱吧！”

“苏琦，算我求你了，你现在在哪里？”

骆池城从来没有用这样的语气和她说话，苏琦有点儿怔忪，还没开口，却听见司机仿佛是嘀咕般地用那大嗓门说：“哎呀，长安路塞住了！还不知道要塞到什么时候！”

苏琦迅速“啪”的一声挂了手机，只希望骆池城别听见她的位置才好。

可北京这路一堵就堵得人心里绝望，等到苏琦这辆的士车从车流中穿梭出来，已经是半个小时后的事情了。

也不知道骆池城到底哪里来的神通，居然真的把苏琦给找到了。苏琦下车的时候，就被骆池城给拽上了他的车里。

“不就是想找梁小东吗？这地方我熟，我帮你找！”

“骆池城，你放我出去！”苏琦想要摆脱，可是骆池城抓着她的力气太大，把她困到了他车子里。

“我会帮你把梁小东找回来，你在车里等我。”骆池城反锁了车子。

“梁小东是我的事，怎么又和你扯上关系？你别假好心！”

“我一定会把梁小东找出来，你相信我。”

苏琦扯了扯嘴角：“要我相信你？好啊，你倒是说说当年莫名其妙失踪的原因是什么？”

骆池城眼里现出了难过隐忍的神色：“苏琦，我不能说。”

苏琦把手里的包包砸出去，砸到骆池城的肩膀上。

“你从头到尾都在骗我，还让我相信你？”

忽而有一片柔软的东西落在额心，骆池城轻轻地吻住了她的眉心，却只有一瞬。

额头上传过来的温润和温软，让苏琦从躁动里回过神来。骆池城俯身在她头顶上说：“以前不能保护你是我错了……等事情办完了，我一定会告诉你所有的真相。”

留下这么一句话之后，骆池城就走了。车子反锁了，钥匙在他手里，苏琦怎么也打不开捷豹车车门。

她不知道梁小东发生了什么事情，不知道骆池城到底会去哪里，只是仿佛失去了什么，又知道了什么，又悲凉又心伤。

梁小东到底去了哪里，骆池城又要去哪里找他，苏琦不知道该怎么办好，鬼使神差地给梁小东发了一条短信。

——梁小东，你到底在哪里？

几秒后，苏琦的手机屏幕闪了一下，是梁小东发来的。

——姐，怎么了？

[5]

梁小东在短信里告诉苏琦，他正在家里打游戏呢，也许是短信里苏琦的口气太怪异了，所以他才扔下了游戏机秒回了她。

既然梁小东好端端地待在家里，那么张欣彤的那条短信肯定就是假的。她是为了把苏琦骗过去，才那么说的。

她被算计了，连带骆池城也被王嘉楠给算计了！

车里明明还开着暖气，苏琦却觉得有凉气直往头上蹿。

苏琦又给梁小东发了一个定位。

——你过来这里找我，别告诉任何人！

尽管上次和梁小东闹得不欢而散，但是她相信，在这个节骨眼上，梁小东应该不会出卖她。

半个小时后，梁小东踩着单车过来了，认出了苏琦说的车牌后，他趴在车窗外，用口型说：“姐，这是怎么回事？”

苏琦指了指车窗：“把它砸了。”

梁小东讶然，看了看流线型的车身，吞口水说：“这……砸？”

“砸了！”

梁小东从附近搬来了砖头，砸了几十下，终于把车窗给砸裂了。

他哭丧着脸：“姐……这是谁的车啊？”

看起来这么贵，也不知道要怎么赔了。

“没空理这事了。”苏琦拽着他，“走，带我去找王嘉楠！”

梁小东脸色一变：“找、找他做什么？”

苏琦冷着声音：“你不要问太多，带我去找他就是了。”

[6]

此时，王嘉楠和张欣彤正坐在别墅客厅里等消息。

王嘉楠老神在在的，张欣彤捏着手机从那边走过来，又从这边走过去，四处张望着：“你说，我的那条信息，她会信吗？”

“紧张什么？”王嘉楠起身到酒柜旁倒了一杯红酒，晃了晃那浊红的液体，“你没听过什么叫螳螂捕蝉，黄雀在后？”

张欣彤心里忐忑：“我是怕她不信我……”

“啧啧，你也太低估你自己了，你是她弟弟的同学，她怎么也会信你几分。”

没多久，防盗门上的小电视上就显现出苏琦和梁小东的脸。

王嘉楠勾唇，笑了：“你瞧，兔子自己撞上来了，这次可不能怪我不客气了啊。”

苏琦大步地走了进来：“王嘉楠，你们到底在搞什么鬼？”

王嘉楠特意用无辜的口吻说：“搞什么鬼？我在自己家里好好的，你气势汹汹地跑进来，这是怎么一回事？”

梁小东跟在苏琦背后，看见王嘉楠，心里还是发怯，瑟瑟地不敢说话。

王嘉楠却戏谑地朝着他说：“这不是梁小东？怎么只敢跟在女人屁股后面？”

“楠……楠哥。”

苏琦看见张欣彤就气不打一处来：“你不是说梁小东被抓了吗？这是怎么回事？”

张欣彤心虚地低下头：“不过和你闹着玩，谁知道你当真了。”

“这种事你也能拿来开玩笑？”苏琦指着王嘉楠对张欣彤说，“你根本就不知道他做出了多么令人发指的事情，你现在还帮着他、袒护他，你也会成为他的帮凶！”

王嘉楠笑着说：“苏琦，说话可要当心啊，我做了什么伤天害理的事了？你这是诽谤，可别吓唬我啊，我要是被你吓得精神不济了，小心我律师找你麻烦啊。”

如果眼神可以杀人，苏琦早就把王嘉楠看出好多个窟窿。

“你自己做了什么事，你心知肚明。”

“我记性不好，要不你提醒提醒我？”

“苏零和余晓雪的事，都和你脱不了关系！”

苏琦和王嘉楠你一句我一句，背后的梁小东却突然莫名战栗了一下，而后浑身像筛糠一样发抖，身上的冷汗一直在流，几乎站立不住，靠着背后的柱子才能勉强站着。

张欣彤先发现了梁小东的不对劲，苏琦也顺着她的目光看过去。

梁小东脸上现出了潮红，额头也冒出了大滴大滴的汗珠。他异常艰难地看着苏琦，嗓子眼里发出不同于以往的呓语：“姐，我们走吧……姐……”

苏琦的注意力也被梁小东所吸引了，皱着眉头：“梁小东，你怎么了，是不是不舒服？”

梁小东用求救的目光看着她，嘴里几乎发不出什么声音：“带我走……”

“我带你去看医生。”

苏琦扶着梁小东，却被王嘉楠挡住了去路。

“你信不信，他这个病，去看医生是好不了的。”

苏琦心里隐约猜到了，却不敢去想那个可怖的结果。

“王嘉楠，你到底对他做了什么？”

王嘉楠看梁小东已经发作得差不多了，才不徐不疾地拿出了一包烟，像是在讲故事一样，谆谆善诱地说：“他是心瘾犯了，看什么医生都没用。得有这个东西，才能医得了他。梁小东，你说是不是啊？”

王嘉楠手里的烟，上面什么包装都没有，像一根用干净白纸卷起来的长细物，但苏琦知道，那根烟里卷着的，是多么肮脏丑陋的东西，可以席卷和肆虐一切。

王嘉楠拿着那根烟在梁小东面前晃荡：“是不是心里很想要这个东西？想得抓耳挠腮，想得心痒痒，心里像是有一千一百条虫子在爬，在钻进你的五脏六腑，钻心地疼，又疼又痒，抓又抓不住？”

梁小东身上的气息变了，眼神也溃散了，眼里心里只有王嘉楠手里的那根烟。王嘉楠说得没错，梁小东太想要他手里的那根烟了。一开始王嘉楠让他吸的时候，他还不情愿，渐渐地吸上瘾之后，他却怎么也戒不了了。

更可怕的是，王嘉楠的烟，绝无仅有，世上就只有他一个人有，别的地方都买不到。要和他拿，就得替他办事，至于具体做了什么，梁小东已经想不起来了，只记得自己是很害怕的，但是却不得不去做，听王嘉楠的，做他手底下的一条狗。

王嘉楠知道梁小东已经上套了，坐在沙发上跷着二郎腿："想要，那就来求我啊，求我给你啊。"

苏琦抓住梁小东不让他过去："别过去，你忍忍，我带你去看医生！"

"不！"梁小东已经失去理智了，他用尽全力甩开了苏琦，向王嘉楠的位置跑过去，跑了两步腿上一软，又在地上爬，"求你，给我，求你求你。"

王嘉楠却是不肯给他："你不听话啊，你不听话，我怎么给你？"

"要我做什么，都可以！"梁小东几乎是痛哭流涕，脸上的表情都狰狞了，五官几乎被痛苦挤压得变样。

苏琦从来没见过这个样子的梁小东，她有点儿明白梁小东的变化是从哪里来的了，原来是这样，原来是这样的……

她忍不住破口大骂："王嘉楠，你简直是个魔鬼！"

王嘉楠指着苏琦对梁小东说："你看这个姐姐，好凶啊，你去替我把她抓起来，这包烟就赏你了，怎么样？"

苏琦心下一骇，梁小东已经先一步地扑了上来。

一包烟的吸引力太大，大到他根本控制不住自己的理智。

苏琦推开了梁小东："你干什么？"

"给我，求你，姐……帮我，帮我，我要死了，我要被蚂蚁咬死了，我要被火给烧死了，我真的好痛苦……"

"没有了那根烟，你就不行了吗？"

"是，没有烟，我会死的，我会痛苦死的！我的头好痛！啊！"

梁小东痛苦地在地上打滚，眼泪鼻涕一块儿掉，简直没个人形了，惨不忍睹。

苏琦没想到梁小东的心瘾已经这么深了，她一咬牙："王嘉楠，他是无辜的，你有什么深仇大恨就对着我来，不要针对他，他什么都不知道。你别折磨他了，放过他吧。"

"你还挺聪明的，知道我对付他，就是针对你来的。"

王嘉楠拿出一根粗麻绳："听话把这个绑上，我再告诉你更精彩的往事怎么样？"

北国之森

2

第十章

所有的故事都已成型，
而结局尚未来临

[1]

苏琦被粗麻绳绑着双手，缚在身后。

梁小东贪婪地拿着王嘉楠的烟吞云吐雾，根本就不知身在何方，一边挥舞着手臂，一边说着：“我是一只小鸟，飞啊飞……”

王嘉楠被他逗得直乐：“你看看梁小东他多开心，这样不是挺好的吗，何必搞得大家都不愉快。”

“用这种东西来控制一个人。”苏琦面如死灰，“王嘉楠，你就是一个彻头彻尾的疯子。”

“别这样嘛，我再和你说说你感兴趣的事情？”王嘉楠一边抽烟，一边蹲下来，把嘴里的烟都喷在苏琦的脸上。

他弹了弹烟灰，接着说：“梁小东这孩子啊，是真实诚，没心眼。和你那个亲弟弟苏零可没法比，想当年要诓他上套，抽我一根烟都难。”

听见王嘉楠提起苏零，一旁的张欣彤也变了脸色。

苏琦的反应更加激烈，她忍不住用脚去踹王嘉楠：“你对苏零做了什么？他根本没抽你的烟，他不会抽你的烟！”

“想让一个人抽你的烟，方法有很多种，更何况，我不需要让他抽我递给他的烟。这根烟，也可以是其他人递给他的。反正最终他是吸了，在他和女朋友私奔，最走投无路的时候，由一个他最信任的至交好友递给他的。”

王嘉楠对苏琦挤眉弄眼，坏笑着说：“想知道他和谢依云私奔的时候过得有多惨吗？真挺惨的，两个人挤在十平方米不到的地下室，冬天冻得瑟瑟发抖，夏天热得没法住人，过着蝼蚁一样的生活。你那个弟弟不行啊，除了唱唱歌弹弹琴，什么都不会，连自己的女朋友都养活不了。而且你的这个弟弟，他就是骨头硬，还软硬不吃，要让他低头回来道歉，那更是不可能。

“在这个时候，如果有人像丢一根骨头一样丢给他一个机会，你说他是不是像狗一样摇尾缠上来？哈哈哈……我告诉你，你还得感谢我呢，感谢我在你弟弟最无助的时候帮了他一把，给他介绍了一个捞金的机会。恐怕他到死都不知道，给他提供这个机会的人，居然会是我。”

苏琦从齿缝里迸出话语：“不，他不是这种人。他不会干坏事的，绝对不会！”

“再给你爆一个料，你弟弟手上的那些货，还不是成品，只是原材料。一开始他是不知道那些货物是什么东西。”王嘉楠阴恻恻地说，“后来入了这个无底洞，又上了瘾，你觉得他还能爬得出来吗……”

“不，别说了，别再说了……”苏琦真的受不了了，这每一件事都关系到苏零，她无法想象苏零像梁小东一样疼得在地上打滚是个什么样子。

而王嘉楠的话里淬了毒，每一句都撒在她的痛处。

“你看，你弟弟的手上也沾满了罪恶，你还能这么高高在上地用那样的语气来审判我吗？”

"是你把他拉下水，是你欺骗了他！"

"如果我告诉你，我不仅欺骗了他，我还告发了他呢？"王嘉楠忍不住眯着眼去欣赏苏琦的表情，脸上尽是恶作剧的满足感，"那批货价值不菲，我心里也难过啊，可是一想到能推苏零去死，我就忍不住……把他给告发了。那小子第一次走货就出事，蠢就蠢在他还有一个拖累着他的女朋友。"

"你利用他做垫脚石，踏着他的尸骨往上爬？"

真不愧是亲姐弟，苏琦和苏零都一样的聪明机灵，一点就透。

王嘉楠忍不住鼓掌，用欣赏艺术品的目光看着她："没错，苏零带货的线报是我提的，谢依云被抓的第一时间，他就怀疑到我这个上家头上来了，还不算很笨。可惜他千算万算也想不到，我转眼就把他的行踪给卖了，告诉了你们的朋友肖林奇。

"苏零手里的那批货里有很多关键的信息，如果被捅出来一定会被追查，所以公司里的人不得不引他去死。你也知道，那阵子肖林奇发疯一样在找他，我随便就找个小弟告诉他了。他还真把苏零给找到了，还连带把苏零吓到了山崖底下。这效果真是比我想象的好太多倍，我甚至不用自己去动手……"

"所以整件事情，都是你一手策划，为的就是陷害苏零……"

王嘉楠耸耸肩，很无所谓地说："有些事情，一开始做的时候真没想那么多，可谁想到，老天爷都在帮我，我也没办法啊是不是？"

苏琦的心里都在泣血，知道了苏零死亡的真相，看见了背后的始作俑者，她已经十分接近真相了。

可是现在她却什么都做不了。

归根结底，苏零的死，是由王嘉楠一手炮制，他把苏零引上钩，又告发了苏零。肖林奇不过是他手里的一枚棋子，就算不是因为失足导致苏零坠崖，王嘉楠也会像找车手撞她一样，让苏零死于非命。

王嘉楠就是踩着苏零的尸骨，无所不用其极往上爬的人。他根本不在乎别人的苦痛，对他来说，他自己才最重要，别人的死，对他而言又意味着什么？

她一字一顿地说："老天爷不是在帮你，而是在挖一个大坑，让你跌得更惨而已。"

"嘴还挺硬嘛……不过也得感谢你弟弟，也就因为这事，我在公司里立了大功，这才能上位得这么快。可是你知道我最近为什么又不爽了吗？还不是因为那个骆池城，本以为我在公司里已经爬得够高够快了，没想到他比我更快。可是我依靠的是自己，他呢，靠的不过是因为傅茗萱是老板傅庆生的女儿。只要他女儿喜欢，他连公司都可以送给他这个未来女婿！靠女人上位，这种事情，他也干得出来！"

"你靠我弟弟的人命上位，你更下贱。"

王嘉楠反手就甩了苏琦一巴掌："你怎么尽挑我不爱听的说呢？你和你那个老相识骆池城一样让人讨厌。"

苏琦别过脸，决绝地说："我不认识他。"

"别否认得这么快，本来呢，我也没把你们两个人扯上关系。可是我就奇怪了，怎么他对你的事情那么上心，就连你几天前去了我们公司一趟，他还能不要命地把你给送出来。我让车手去找你麻烦，他也跑出来搅局。"

王嘉楠一拍大腿："就是这么点关系，我灵机一动，让人去调查了一下，才发现你原先还有一个失踪了的男朋友程池，我一看照片，和骆池城长得挺像的嘛……"

苏琦声音里有掩不住的惊慌："王嘉楠，你到底想干什么？"

"不过是那么多年前的男女朋友了，我怕他有了傅茗萱，就忘记你，不重视你了。这不，随便找了个方法就把他给试出来了。你该说是我运气好，还是他太笨？"

王嘉楠又幸灾乐祸地说："苏琦啊苏琦，你身边的这两个男人都败在我手底下，你弟弟苏零是因为有一个拖后腿的女朋友谢依云。而骆池城，他完全是栽在你手里的啊。"

苏琦咬牙切齿地说："你把他怎样了？"

王嘉楠恶毒地说："半个小时前他上门来找你了，喝了点儿安眠药，现在就在另一个房间里，怎么样，要不要让你们两个人临死之前先见见面？"

"你要是敢这么做！你要敢碰他一根汗毛，我和你拼命！"

"别挣扎了，你们两个现在就是拴在一起的蚂蚱，想怎么捏死，还不是我一句话的事。"

王嘉楠转身又向张欣彤说："打个电话问一下，按照时间来算，老板和傅茗萱应该也快到了。"

[2]

苏琦被王嘉楠绑住了双手双脚，又用黑布捂住眼睛，被推到二楼的房间。

很快地，傅庆生带着傅茗萱也来了。

苏琦听见傅茗萱的高跟鞋咚咚咚走路的声音，她似乎十分着急地在找着什么："王嘉楠，骆池城呢？你把他怎么样了？"

王嘉楠仍然老神在在地说："别着急嘛，傅小姐，我不过是让你未婚夫喝了一杯饮料而已，他现在在客房里睡得可欢了。怎么样，你们要不要进去见见他？”

傅茗萱脸色一沉，色厉内荏：“王嘉楠，你在玩什么把戏，把我和我爸爸叫过来，到底是为了什么？”

傅庆生穿着一套深蓝色中山装，慢悠悠地走在傅茗萱后面，五十多岁的年龄却是保养得宜，一举一动都有不怒而威的范儿。

他不过一个瞪眼，胆子小的人大概就快要尿裤子了。

这还是傅茗萱第一次在他面前这么不淡定，傅庆生看在眼里，却是不急不躁地走过来，稳稳当当坐在沙发上说：“嘉楠，茗萱喜欢池城，这个年轻人我也很欣赏。你有什么事情，不妨挑开来说，别让茗萱干着急。”

王嘉楠嬉皮笑脸地说：“傅老大，我错啦，我不过是看见池城哥还没睡醒，就想着大伙儿在这里坐等一会儿，既然傅小姐这么着急，那我马上去叫人把他叫出来就是了。”

傅庆生看了一眼王嘉楠，知道他现在不敢在自己面前轻举妄动，使了个眼神，马上就有人鱼贯进了客房，又走出来向他汇报：“池城哥的确是在里面。”

另一个抓抓头发说：“不知道怎么睡着了……”

傅茗萱火冒三丈，踩着高跟鞋就想进去找人，却被王嘉楠拦住了：“傅小姐别着急啊，我好不容易才把池城哥给制伏了，你要是把他给放出来，等会儿他伤了你们怎么办？”

傅茗萱又气又急：“王嘉楠，你在乱说什么，池城是我男朋友，他怎么会伤了我们？！”

王嘉楠继续不冷不热地说：“傅小姐，我这可是为你好……”

在这个僵持的时候，还是傅庆生开了口："大家都是一家人，一家人不说两家话。有什么误会，不妨说出来，解释清楚也就是了。"

"傅老大，我嘴笨，我怕我一个人一张嘴说的事情，你和傅小姐不信我，我千辛万苦把池城哥找来，当面对质，这下你们肯定不会不信我了。"

傅茗萱杏眼一瞪："王嘉楠，你到底想说什么？"

"傅小姐，我说的话可是千真万确，你可仔细听好了。我发现最近公司里出了一个叛徒，不巧就是你的男朋友骆池城。在你之前，他已经有一个深爱着的女朋友，后来和你在一起，也不过是为了进公司做卧底，他一直在陪你演戏，他根本就不爱你！"

王嘉楠又说："傅老大，骆池城之所以和傅小姐在一起，根本就是为了在公司里上位，你千万不要被他的外表给骗了。不过呢，这种事情，我一个人真的说不清楚，所以……"

此时傅茗萱已经跑了进去，摇着他的手臂："池城，池城。"

"傅小姐，你这样是叫不醒他的。"王嘉楠随手拿起张欣彤准备好的一桶水，泼在了骆池城的脸上，拖长了音，坏笑着说，"池城哥，该醒了。"

冰凉的水径直泼在了骆池城脸上，他渐渐清醒了，抬起眼，发现所有人几乎都在，就连傅茗萱也来了，立刻知道事情不简单了。

他坐起来，甩了一下头发上的水，头还隐隐作痛。

他看向傅茗萱的位置："怎么了？"

傅茗萱瞪了一眼幸灾乐祸的王嘉楠："我们去外面说吧，爸爸也来了。"

骆池城又到洗手间里洗了把脸，落落大方地走出来，看着傅庆生说：

“今天吹了什么风，人这么齐？”

傅茗萱拉着他的手，跟他嘀咕着：“池城，我们别管王嘉楠这个疯子，他有被害妄想症，说你原来有个女朋友，为了进来做卧底才和我在一起。你说荒不荒唐？”

傅庆生说：“嘉楠，你和池城之间是不是有什么误会？”

骆池城挑了挑眉：“王嘉楠，好像没人相信你。”

“着急什么，我这里还有一堆事情没讲清楚呢。傅老大，你难道也想要傅小姐一直被他蒙在鼓里？”

傅庆生其实也是相信骆池城的，但是他不怕一万，就怕万一，同时也为了测试骆池城，他的眼风一扫扫到了骆池城身上：“池城，我是相信你的，可是误会不说清楚呢，嘉楠又不死心。你怎么看？”

骆池城长腿一伸，把腿搁在了桌子上，好整以暇地说：“既然他有故事要编，那就听一下呗。”

看到骆池城这么闲适的样子，王嘉楠眼睛都气歪了：“骆池城，你装得倒是挺像的，谁不知道你靠近傅小姐是为了在公司搏出位，你是叛徒，进来庆辉根本别有目的！你从一个老板保镖，爬到现在这一步，很辛苦很不容易吧？如果不是傍上了傅小姐，你哪会爬这么快？”

“王嘉楠！”傅茗萱坐不住了，“你在乱说什么？爸，你也不管管他？”

傅庆生目光看向骆池城：“池城，你的意思呢？”

骆池城不卑不亢地道：“傅老大，既然今天大家这么爱听故事，我也给你们讲一个……更有意思、更引人入胜的，情节尤胜百倍。”

[3]

骆池城的声音温柔有磁性，讲述故事的时候娓娓道来，很快就让人陷入了故事里。

当然，他所说的，都是真的。

“九年前，你发展了一个下线，代号‘零’。就在他第一次带原材料的时候，你举报了他。你知道‘零’手里的那批货里有很多关键的信息，如果被捅出来一定会通过庆辉物流公司查到到底是谁的货物，庆辉的人不得不引他去死。你运气好，找了个小弟去找‘零’，间接导致他坠崖身亡，又把这点功劳归功于你自己，你凭着这点博得了庆辉上下人的认可，坐上了现在的这个位置。王嘉楠，你觉得如果傅老大知道你是个吃里爬外，不惜以公司的安危为代价来换取自己的步步高升，你在公司里还能坐得住吗？”

骆池城轻轻说着，仿佛在说和自己不相干的话，内容却是惊心动魄，就连王嘉楠都忍不住变了脸色，他不知道这些事情都已经被骆池城在这几年间给摸清楚了。

王嘉楠火冒三丈地站起来，拉着骆池城的衣领，气急败坏地说：“你懂什么？就算是这样，也是‘零’带货不小心，被人抓住了把柄，这事怪不得我！反而是你，你这个叛徒，凭什么说我？”

王嘉楠知道骆池城身手好，不然傅庆生不会招他做保镖。当时招人的时候傅庆生的要求就两条：一个是身家清白，底子干净，不要有多余的拖累；另一个就是一个人能在十招内制伏十个人。

而这些，骆池城都轻松地做到了，不然他不会那么容易地进入了傅庆生的视线内，成为傅庆生最贴身最信任的保镖。

可是王嘉楠头脑发热，还是想和骆池城打架，可没两招，他就被骆池城放倒在地上，摔得头晕目眩，倒地不起。

骆池城的招式太快，而且身手敏捷，招招致命，王嘉楠甚至看不清楚他是怎么出手的，就躺地上了。

骆池城的手还箍着他的脖子，他吓得面色惨白，对着傅茗萱说："傅小姐，你根本就不知道骆池城的真实身份吧？你知道他原来还有一个女朋友叫苏琦吗？"

骆池城手上的手劲缓了缓，王嘉楠迅速给张欣彤使了个眼色："去，把人叫出来。"

在见到苏琦后，傅茗萱第一次露出惊讶的神色。她怎么也没想到，骆池城居然会和她扯上关系。

傅茗萱扯了扯嘴角，戏谑着："王嘉楠，你肯定是找错人了，这个是章暮飞的女朋友，我们还见过的。"

傅庆生的眉头皱着："嘉楠，这是谁，给大伙儿介绍一下。"

"傅老大，这人叫苏琦，是池城哥以前的女朋友。"王嘉楠看了骆池城一眼，"你说是吧，池城哥？"

骆池城嗤之以鼻地说："你说是就是？"

"既然不是，那我就不客气了。"

王嘉楠说完后，劈头盖脸甩了苏琦一巴掌，苏琦双手被绑着，站不稳被打得一趔趄，整个人向后栽倒。

傅茗萱是读法律的，看着苏琦那样子忍不住说："有话就说，干什么动手动脚打女人？"

"三天前，公司里跑进了一个清洁工，就是这个人。"王嘉楠掐着苏琦的下巴，"说吧，无缘无故跑来我们公司做什么不可告人的事情？"

苏琦朝他笑："你过来点儿，我就告诉你……"

王嘉楠低下了头："说！"

苏琦微微笑着："再过来一点儿。"

“什么事儿……哎哟！”

苏琦竟生生地咬住了他的耳朵，王嘉楠吃疼，抓耳挠腮地动，却被她咬得更深了。他再忍不住，抬起脚把苏琦踹飞了出去，嘴里咒骂着：“你这娘们！”

苏琦头磕在了桌角上，再抬起头，嘴角漫出了一抹殷红的血，是被撞击而咬破了嘴唇流的，看起来触目惊心。

“你胆子不小，敢忽悠你爷爷我！”王嘉楠的脾气是出了名的暴躁，今天更是变本加厉，把拳头全都一股脑儿地招呼到了苏琦的身上和脸上。

傅茗萱实在看不下去，低呼：“王嘉楠，你不能这样，这是法制社会！”

“你让他盘问清楚，”傅庆生却阻止了她，又仿佛是安抚她道，“……不会出事的。”

既然王嘉楠说到这个人进入了公司，也就已经引起了傅庆生的警惕，他不会轻易放过她的。

而另一边，骆池城坐在沙发一角，手指握成拳头，上面青筋勃发，可他不得不隐忍。

苏琦躲在墙角，用手臂挡了挡，再过会儿，呻吟了一声，实在忍不住了才说：“别打了，我说。”

“哼，早点儿配合，不就好了？”王嘉楠掐住了她的脖子，“说，你进来公司有什么目的？”

“你说得没错，我是骆池城的前女友……”苏琦抬起眼，看着坐在另一边沙发上，不起眼的那个人，眼里像是有星辰般璀璨的光芒，却又忽而闪烁不见。

她抿了抿干裂的嘴角，用孱弱的声音说：“我进去公司，的确是受人唆使。”

“你进去公司做什么？”

苏琦勾了勾嘴角：“我只不过是去帮他引开注意力而已，至于他要做什么，只有他才清楚，我想……应该是他想要拿公司的东西吧。”

苏琦说的这些话，很明显就是挠到了王嘉楠的痒痒肉上，要是她早点儿这么说，他也不至于揍得这么狠。

苏琦的话虽然还有很多漏洞和经不起推敲的地方，但是三人成虎，谎话说多了就变成了真的，更何况王嘉楠找来了一个自称是骆池城前女友的人，就不得不引起人的怀疑了。

傅庆生做刀锋舔血的生意，每一步都走得异常小心，对每个人每件事都多疑，很难真正去相信一个人。苏琦的话敲开了怀疑的口子，傅庆生的眼里疑窦丛生，看向骆池城的目光里显然有了疑虑和不放心。

“我才不相信她说的话。我不想待在这里了，闷得慌。”傅茗萱站起来，“池城，我们走好不好？”

骆池城没有动，因为他已经感觉到傅庆生即将会有动作。他蛰伏在傅庆生公司那么久，相信傅庆生现在心里已经被埋下了不信任的种子。

果然，不等骆池城说什么，傅庆生已经扬声说：“茗萱，你嫌闷就先走。有些话我要单独问一下池城。”

傅茗萱心里咯噔一下：“爸，有什么话不能让我听的？”

“我不是说过，公司的事情，你不要插手。”

傅茗萱咬了咬下唇，眼里有了氤氲的水汽。她知道傅庆生的脾气，不想让她知道的事情，就会瞒得滴水不漏，一点儿不让她知道。她出国读书太久了，根本就不知道傅庆生在做什么生意，回国之后，更是埋头做自己的事情，除了工作外，她眼里只有一个骆池城。

“既然爸爸有事要和你谈，我去车上等你。”

傅茗萱担心地看着骆池城，亦步亦趋地走了，没想到还没走出别墅，就有个黑影从身边闪过。傅茗萱踩着高跟鞋差点儿崴了脚，身体歪向一边，梗着脖子惊得大喊一声：“是谁？”

树底下那团黑影笑嘻嘻的：“姐姐，你长得好美啊！”说完就要去拉傅茗萱的手。傅茗萱吓坏了，又往后跑了好几步：“谁在那里装神弄鬼？”

梁小东挥舞着双手，脸上仍旧笑嘻嘻的：“飞啊，我飞啊……姐姐，我们一起飞吧！”

“你别拉着我！”

“姐姐，我们一起玩啊！”

梁小东又追着傅茗萱跑。

[4]

傅茗萱走出去之后，傅庆生又坐回了沙发上，缓缓开口了。

“池城，嘉楠，你们都过来。”

他锐利的目光来回在骆池城和王嘉楠两个人脸上巡视，骆池城和他对视了，可王嘉楠没有。

傅庆生的心里顿时就有了计较。

但是在某一方面上，他还是要试骆池城，他不是不信骆池城，因为他知道茗萱喜欢骆池城，所以得帮茗萱把某些事情给处理清楚了。

“在庆辉这么多年，你们两个人一直都是我的左右手，嘉楠，你从进公司以来，一直忠心耿耿，还立了大功劳，我一直都挺看重你的……”傅庆生话锋一转，又说，“你在公司那么多年，也知道我最忌恨别人骗我。”

王嘉楠双腿颤着，小腿肚都在发抖：“老、老大……我为公司做了这么多事，在公司里那么多年，现在你怀疑我？”

傅庆生十分笃定地说：“几年前那批货出事，我早就疑心公司里出了内鬼，只不过没有点破而已。”

王嘉楠差点儿就要给傅庆生跪下了。

“傅老大……”

“后来你将功补过，我也就把这笔账给抹了。但是这件事情现在不止我知道了，还有那么多人都听到了，我想你如果不给一个解释，以后也很难在公司里立足。”

王嘉楠眼泪都快下来了：“傅老大，你想要我怎么样？我以后将功折罪，好好给公司办事行不行？”

“我丢了的货，折了的人，你赔？”

傅庆生一个眼神下来，压得王嘉楠抬不起脑袋。

“那我要怎么办……”

傅庆生从身上掏出一把瑞士刀放在桌子上：“很简单，一根手指，买你的忠心。”

傅庆生的手段比王嘉楠狠绝多了，王嘉楠毕竟是在他手底下长成的，学到的都是他的阴狠果决，但也比不过傅庆生狠毒。王嘉楠知道自己这回是逃不过了，想着既然自己没好过，那也要拉一个垫背的才行。

他指着骆池城说：“傅老大，你这样不公平，公司的内鬼明明是骆池城，为什么你只处理我，不处理他？”

“再多说一句，就多切一根手指。”

"傅老大……"王嘉楠嘴唇都白了，可他知道傅庆生这人就是这样，如果忤逆傅庆生，下场会更惨。

王嘉楠拿着刀，把手放在桌子上，比画了好几次，都舍不得自己的那根小指头。

傅庆生用眼神示意了下，马上就有两名保镖走过去，押着王嘉楠，嘴上说着："楠哥，挺疼的，你忍着点儿。"

另一个人拿起瑞士刀，手起刀落。

王嘉楠还来不及哀号，就疼得晕了过去。

桌子上溅起了猩红，傅庆生看也不看，草草地说："把他挪过去，简单包扎一下。"

王嘉楠被拖到一个角落里，拖动的过程里又返醒。在感知到疼痛后，他脸色惨白，疼得整个人筛糠一样在发抖，手上更是让人触目惊心。

骆池城坐在一旁盯着他，一言不发，眼光低沉得吓死人。他知道，傅庆生这是在杀鸡儆猴，给他看，给苏琦看。

另一边，苏琦半坐在地上，双腿发麻，心里钝钝的，不知道接下来还要面对什么。

傅庆生摩挲着手上一枚墨绿色的翡翠戒指，看向骆池城，脸上淡淡的："你的问题，比嘉楠好解决得多。"

"傅老大，你打算怎么解决我？"

骆池城不慌不忙地勾着嘴角，吐出这句话，眼里依然有桀骜和不羁。想当初，傅庆生就是看中了他的这点野心，却没想到，在这个节骨眼上，他还能这么镇定自若。

傅庆生更喜欢这个年轻人了，心里觉得他能接班。

傅庆生几乎是用温和的口气对他说："池城，你在公司的年限虽然不长，但表现一直看在我眼里。你做事稳当，大气有担当，虽然出身一般，但我闺女喜欢你，我也就放心让她跟着你。嘉楠用他的一根手指换取我的信任，你的问题，在于嘉楠带来的那个女人。”

过了一会儿，傅庆生才缓缓说：“既然那个女人进出过我们仓库，那就不能留。但是我希望由你来动手，后续的事情我会替你解决。如果你真的能完成这个任务，我就放心地把茗萱和庆辉都交给你。

“……怎么样，你可以吗？”

客厅里大时钟嗒嗒嗒地摇摆着，时间突然变得很慢很慢，眼前清晰又模糊，清晰得仿佛空气里的细小分子都能看见，但骆池城却觉得在不远处的苏琦变得越发模糊遥远。

骆池城听见喉咙咕咚一声吞口水的声音，额头上的汗滴落下来。

而傅庆生还在不停地给他施加压力。

“池城，我老了，干不动了，这一行淘汰得快，庆辉是我多年的心血，这些年我的那些路子几乎都被死对头掏空了，这门生意越来越不好干。你还年轻，以后公司还需要你来经营。”

依然是那把瑞士刀，傅庆生再一次将它放到了桌子上。

刀刃上还残留着王嘉楠的血。

骆池城几乎是毫不犹豫地说：“……如果我说不呢？”

傅庆生睁大着眼，看向这个年轻后生。他做事稳重，应该知道在这个时候拒绝意味着什么。

意味着背叛。

骆池城已经率先拿起了那把小刀，拿着餐布擦干净上面的血。

“我进来的时候就说了，我做保镖，为的是保护人，我不想伤人，更不想伤女人。不伤害女人和小孩，这是我一贯的原则。”

傅庆生让所有保镖都退出去，沉声说：“你想清楚了？真的要背叛我，背叛庆辉？”

[5]

客厅里，骆池城和傅庆生的目光对峙着。

而院子里的动静很快传了过来，傅庆生还没来得及好好审问骆池城，就听见傅茗萱的厉声尖叫。

傅庆生下意识地往门外看，只见傅茗萱脚下一只高跟鞋不知道丢哪里去了，一瘸一拐地走了进来，嘴里喊着：“爸，池城，救命！屋里有个疯子！”

“这是怎么了？”

傅庆生放眼看去，只见在傅茗萱身后还追着一个十六七岁的少年，穿着深灰色上衣和浅蓝色运动裤，一脸青涩的模样，却带着诡异的满足的笑意。

“飞啊，飞啊……飞起来吧！”

傅庆生一眼就看出这个少年是怎么了，转过头去，却发现傅茗萱在紧张的关头，选择的人依然是骆池城，而不是他这个爸爸。

傅茗萱躲在骆池城的背后，伸出脑袋：“他一直追着我跑！”

傅庆生感觉到失落，但很快恢复过来，问王嘉楠：“这是谁，怎么会在你屋里？”

没多久，张欣彤披头散发地跑了进来，拽着梁小东想走，但已经太迟了。

王嘉楠没好气地盯着她，几乎只有出的气没有进的气了：“不是让你看着他，怎么又让他跑出来了？”

“他力气太大，我也没办法啊……”张欣彤在看见王嘉楠的手指时，捂住了嘴，“嘉楠，你的手！”

局面一片混乱，简直鸡飞狗跳、一地鸡毛，就在谁也意想不到的关头，苏琦忽而开口了。

“王嘉楠，我已经替你告发了骆池城，你可以放过我弟弟了吧？”

王嘉楠过了一会儿才回味过来她的意思，但来不及了。

精明的傅庆生皱着眉：“他是你弟弟？”

苏琦对着梁小东招了招手：“小东，过来。”

也不知道是不是福至心灵，已经意识混沌的梁小东渐渐恢复了正常，居然懵懵懂懂地认出了苏琦，走过来蹲在她面前，可怜巴巴地看着她的伤口：“姐，有人打你了？疼吗？”

梁小东的眼神像极了苏零，在那一瞬间，苏琦有点儿想哭。

“姐不疼，姐想平平安安地接你回家。”

这一句话，也是当年她想对苏零说的。

可是太晚了。

他的姐姐想接他回家，苏零一辈子也听不见了。

[6]

看到这姐弟情深的一幕，傅庆生的脸色变得狰狞，太阳穴突突地跳。

“王嘉楠，我不喜欢被人骗，更不喜欢有人耍我。你以为你很聪明，把我们所有人都耍得团团转？”

王嘉楠知道这会儿傅老大是动怒了，他一定不会放过自己的。再加上手指的钝疼，王嘉楠恨死了骆池城，恨死了苏琦……

他用另一只手掏出怀里的东西，黑洞洞的枪口指着苏琦。

王嘉楠想也不想地扣动了扳机。

下一秒，骆池城反应极快地奔跑起来，跑向了另一个方向的苏琦。

可苏琦已经吓得钉死在地上了，她没有经过训练，不知道在这种时候要做出什么反应。

骆池城挡在了苏琦面前，把她往旁边推。

苏琦的眼里蓄满了泪水，她被一个宽厚的肩膀挡住，视线被遮住了，脑海里混沌一片。

骆池城没有如她所想地倒下去。

王嘉楠放的是空弹。

他并没有在弹夹里放子弹，而骆池城却上套了。

今天发生的一切事情，让所有人头脑里那根弦都绷紧了，到现在这个时候，是最容易把一个人的真面目给逼出来，再怎么样，人潜意识下的保护动作是骗不了人的。

王嘉楠笑了，他忍着剧痛打的这一枪，还真的收到了意想不到的效果。这让他几乎忘了手上的疼痛。

“怎么样？傅老大，我没说错吧？还真的是……很感人啊！”他笑得呛住了，“哈哈哈哈，咳、咳……”

感觉到天旋地转的人，并不止傅庆生。

就在骆池城离开她，跑向另一个女人的时候，傅茗萱就已经跌坐在了地上，感觉万念俱灰。

原来王嘉楠刚刚说的一切都是真的。

原来骆池城一直陪着她演戏，目的不过是为了她爸爸的公司而已。

傅茗萱捂着脸痛哭起来，这对一个女人来说，是多么惨痛的真相。

他骗了她那么久，久到她以为那是真的。

而骆池城已经嗅到了危险的味道，他不顾一切地拉着苏琦飞快地跑向门口。

“跑，快跑！”

但人的双腿，又怎么比得上子弹的速度？

这一次有人举起了枪，发射了真的子弹。

“砰！砰！”

尽管傅庆生的手枪装了消声装置，但还是能听见沉闷的两声枪响。

傅庆生手里的枪冒出了火星，枪口洇出了灰色的雾气。

傅茗萱哭得不省人事，捂着耳朵，简直不敢相信自己的眼睛。

她看见骆池城不顾一切地抱着苏琦，把她牢牢地笼罩着，像一张网，网住了她。

而他的后背，正在往外涌着血液。

骆池城浑身震住了，迟疑了一下，坚持不住终于倒下了。他把苏琦拽到沙发后背上，把她紧紧地抵在自己胸前。

“能这样抱着你……真好……”

苏琦反而镇定得不像平常人。她安慰着骆池城，也安慰自己：“你不会有事的。”

他们的斜角，刚好对着王嘉楠。

他迅速地给弹夹上子弹，但那只被砍的左手，几乎用不了力，一碰到就痛得嘶嘶地抽气。

王嘉楠举起手臂的时候，梁小东从他的背后扑了过来，王嘉楠根本就没扣动扳机，枪就被抛了出去，掉在了苏琦脚下不远处。

王嘉楠还想再过去夺枪，梁小东却箍着他的脖子不让他走，更是放声说："我已经报警了，你们都跑不了！"

王嘉楠一挥拳打在他上额角，梁小东掰着对方的痛手。

两个人迅速地扭打在一起。

梁小东打架不是王嘉楠的对手，身板也弱，没几下就被王嘉楠打得嗷嗷叫，眼窝也青了，但他还是不肯放开王嘉楠，死死地缠着王嘉楠，又尽量去碰触王嘉楠那伤口。

王嘉楠眼都红了，他眼睁睁看着自己的枪被苏琦捡起来，但梁小东却死活不撒手。

王嘉楠的拳头再一次挥到了梁小东身上。

梁小东揪着王嘉楠的断指，放声喊着："姐，快跑啊！"

另一边，傅庆生步步紧逼，他知道骆池城不能留了，今天绝对不能让他们两个人踏出这里。

骆池城和苏琦躲到了沙发背后，傅庆生举起了枪，想要再次射击。

有人抱住了他的腿，傅茗萱在哭："爸，不要……"

"茗萱，放手。"

"我求求你，放过他吧。"

两人僵持着，傅茗萱紧紧地抱着傅庆生的大腿。他却眼也不眨地踢翻了她。

骆池城就趁着这个空当，把苏琦给护着推出了门口。

他的背脊暴露在傅庆生的射程内。

别墅里，让人绝望的枪声再度响起。

不久，外面已经有警笛声在响。

苏琦连滚带爬地走出了别墅门口，身上、衣服上全是骆池城流的血。

她没有办法回头去看他。

她永远无法忘记，他告诉她的最后一句话是什么。

他轻轻摩挲她的脸、她的头发，在她耳边说："要告发他们，只能把我的尸体带出去。我左手臂的文身里，藏有他们的秘密……"

北国之森

2

第十一章

南风不断袭来，
而我久候不至

[1]

从那一天起，苏琦就再没见过骆池城了。

时间仿佛截断在那一天那个小时那一分一秒，整个世界对苏琦来说，再没有了任何意义。

她被王嘉楠打到脑震荡，手臂骨折，被送去医院躺了两个月。在这两个月里，她仿佛把自己给封闭起来，什么人都不想见。

期间有警察来给她做笔录，问案件的情况，可苏琦一句话都没说。

她的眼神空洞洞的，嘴巴很严，谁都撬不开。警察尝试了好几次，发现根本没有办法从苏琦嘴里得出什么，而另外那些人的口供也已经足够立案，加上还有梁小东等重要人证，于是作罢。

但苏琦还是作为重要证人被警方保护了起来，病房也有人二十四小时轮值。章暮飞作为律师，被允许来探望她。

章暮飞几乎每天都来，有时带水果，有时带鲜花，有时带一些法律书籍。

他怕她闷坏了，变着法儿和她聊天。平常高冷的章律师，却在这个伤痕累累的女人面前做小伏低。

有的时候，人和人的缘分就是这么玄妙。

可惜，她并不领情。

看见之前送过来的书动都没动过一下，章暮飞默然地换了另外一批书，又把窗帘拉开。

一室洒满了阳光，但苏琦也只是躺在病床上，微微皱了皱眉头，连吭一声都没有。

章暮飞坐下来，今天他带来了一些案子的情况，他觉得有必要给她讲讲。

“余晓雪那案子，你还记得吧？”

章暮飞看见苏琦的眼睫毛微微颤抖了一下，知道她是在意这件事情的。

只不过她不说，就这么隐蔽在自己的世界里，享受她与世无争的平静。

但那不是真正的平静。

章暮飞接着说：“王嘉楠那班人被抓后，警方顺藤摸瓜，又找出了几个以前涉案的嫌疑人，那些人供出了当年事情的真相。事情过了这么多年，他们虽然没有受到法律的惩罚，却受尽了良心的谴责，吃不好睡不好，惶惶不可终日，现在终于愿意站出来指证王嘉楠。那么多人的口供一致，又有当年的证据，王嘉楠这次的罪名是板上钉钉了，他逃不了的。”

苏琦勾起了嘴角，无声地哂笑。

他说：“你大概觉得人都已经埋土里那么多年，要这些公道有什么用。可是苏琦，有的时候我们就需要这些公正，来驱散心里的阴霾，这些公道，是死去的余晓雪应得的，也是她白发苍苍的父母这么多年以来在苦苦追寻的。余晓雪的案子，翻案的可能性很大，你看，正义会缺席，但它永远不会迟到。”

安静的病房里，只有章暮飞一个人在说话，俨然他在自问自答似的。

苏琦一直没有回应他。

“关于这个案子，抑或是王嘉楠另外的案子，和庆辉公司、和傅庆生有关的，你有什么要问我的吗？你不想知道梁小东的近况？苏琦，事情最后到底怎么样了，难道你就不好奇？”

章暮飞实在是没辙了，他以为知道余晓雪案子的处理情况后，苏琦起码会有点儿回应。但她就是不言不语，让人抓狂。

“你以为像乌龟一样躲在自己壳里就能好起来？只要没有人和你说，只要你不问，就能当这件事没发生过？你觉得这样，就能当那个人还活着？”

苏琦还是紧紧闭着眼，仿佛睡着了，但章暮飞知道她在听，因为有泪从她的眼角潺潺地流下来，静默无声地流淌着。

他叹了口气，知道自己还是控制不住说了太多，只能对她说：“你好好休息，我明天再来看你。”

章暮飞走后很久，苏琦一直保持着那个姿势。

她默默地把手伸到枕头袋口里，那里面安安静静地躺着一把形状怪异的东西，是她那天从别墅里带出来的。

没有人知道她还偷偷藏着它。

[2]

苏琦像乌龟一样躲在厚厚的壳里，可总有一天得出来见见天日。

三个月后，傅庆生的案子开庭，苏琦作为重要证人必须出席。

警方事先过来接她，章暮飞也来了，还叮嘱她："不要害怕，让你过去就是认一认当时的环境，具体发生了什么，你如果真的不想说，也不要紧……反正证据已经很确凿充分了，足够让那些人定罪的。"

那个时候，苏琦还不知道章暮飞口里说的"证据已经很确凿充分"到底有什么深刻含义。

对于这个案子，她一点儿也不想知道，不想听任何人说起。

苏琦静静地抠着自己的指甲。

章暮飞看到了她的小动作，仿佛是看出她的焦虑，安抚着告诉她："证人不用全程旁听，只需要在质证阶段出来接受法官询问就可以了。"

九点准时开庭，旁听人员鱼贯地进入法庭。苏琦被安置在另一间证人休息室里，被隔离开。

时间过得很慢很慢，偶尔法警巡逻，会在门口走过，投射下斑驳的影子。

也不知道过了多久，有法警过来叫她："到你了，你可以出来了。"

苏琦被带到法庭的证人席上。

她还记得上一次也是这样子，她也是坐在这个位置，指认苏零的女朋友谢依云。

那次她滔滔不绝地说了很多，而这次她却反常地缄默。

法官询问她："证人苏琦，案件发生的时候，你是否在场？"

苏琦沉默。

法官又问："当时你看见了什么？是否能向法庭陈述你所看见的场面？"

苏琦低下头，什么都没有说。

检察官起身，向法官表示："证人当时浑身是血地走出别墅，因为精神上受到太大冲击，到现在都不能如实表达当时发生的事情。”

“你能不能指认出当时在场的人员，你认识他们吗？打伤你的人是哪个？”

有法警拿着一沓照片过来，让苏琦指认。

那照片上一地狼藉，地面上全是血，满地都是玻璃碎片和血脚印。

法官说：“这里是哪里，你可认得？”

苏琦示意法警再翻过一页，照片上分别是傅庆生和王嘉楠，还有一些他们的小弟。

但是没有骆池城，翻了很多页都没找到他。

他就像蒸发了一样，从这个案件里被人抹去了，找不到他的痕迹。

法官见苏琦不开口，又说：“法警再向证人出示另一个物证。”

照片上是一个穿着警服的家伙，剃着寸头，却依然眉目清秀，鼻子隽挺。

法官问：“你认识照片上这个人吗？”

苏琦伸手摸了摸照片上的那个人，原来他穿着警服的样子是这样的，比她想象的好看了很多很多倍。

她一直不敢确认他是卧底这件事，但是直到现在，才有了这么清晰的认知。

苏琦咧开嘴，轻轻地、无声地笑了。

没多久，苏琦又被带回了证人休息室。直到庭审结束，章暮飞在休息室门口等她。

“都结束了。”他说。

来的时候空荡荡的过道挤满了人，旁听的人太多，连法警都在紧急地疏散人群。

苏琦和章暮飞落在后头，谁也没有多开口说一句话。章暮飞在苏琦面前小心翼翼的，怕再刺激到她。

也许是庭审的过程太过激烈，有旁听的人在热烈地讨论。

有人说："听说这个案子能把那几个人给钉死，是因为在特情的手臂里藏着一块芯片。"

"就是有那块芯片，才能把那几个人给定罪啊。"

"为什么特情的照片可以就这样放出来，不怕被人发现了去报复他吗？做卧底多危险啊，身边的人也随时有被报复的可能吧。"

"那肯定是牺牲了才能公布他是特情的身份啊。"

"我记得是叫程池的吧？那小伙子长得那么好看，真可惜了啊……"

苏琦突然知道了章暮飞口中的"证据已经很确凿充分"是什么意思，也明白了程池那天对她说的话是什么意思。

——"要告发他们，只能把我的尸体带出去。我左手臂的文身里，藏有他们的秘密……"

她一下栽倒在地上，半天爬不起来。

章暮飞见她摔倒了，过来扶起她："怎么了，是不是身体不舒服？"

苏琦摇了摇头："好不了了，再也好不了了。"

身上的伤好了，可心里的伤，永远都不会有好的那天。

程池是她心里的软肋，也是她的盔甲，现在她的盔甲死掉了，被卸下来了。

她哭得歇斯底里，像是心里被人来回戳了个对穿，被风吹着，心里的某个角落空荡荡的。

有人说，人为什么会爱上另一个人，是因为心上有个缺口，呼呼地往灵魂里面灌着寒风，而刚好有那么一个人的心来填上。

而如今，她的心里缺的那一角，再怎么补也补不全了。

[3]

半个月后，法院正式宣判。

傅庆生被判非法走私、制造毒品和黑社会性质组织等罪，数罪并罚被判死刑。

王嘉楠因非法持有枪支、非法走私、制造毒品和故意伤害致一人死亡，数罪并罚被判死刑，缓期两年执行。

傅庆生和王嘉楠不服一审判决，同时提起上诉，在二审均被驳回，维持原判。

再过一个月，傅庆生的死刑判决被最高院复核通过。

[4]

案子尘埃落定后，保护苏琦的警察被撤掉，苏琦的伤势也渐渐好转，而案子还留着后遗症没有解决。

出院那天，章暮飞来接她，并告诉她："梁小东被送进戒毒所了，你要不要去见见他？"

苏琦看向他。

章暮飞知道她是想要自己接着说。

"案发之后，梁小东被拉去尿检，你也知道的，检出来是阳性的结果。他和你一样是目击证人，现在案子办完了，他也得去戒毒所老实蹲着。我昨天去看了他一下，他的精神挺差的，有心理抵触现象，他说去戒毒前想见见你。

"你想见他吗？"

苏琦想了想，点点头：“好。”

章暮飞把车子掉了头，开向郊区的戒毒所。

在做了登记后，苏琦就在会客室里等着。

过了一会儿，梁小东被人员带出来。他穿着灰扑扑的所服，头发被剃得很短，灰头土脸的。看到苏琦的时候，头压得尤其低。

苏琦坐在会客室里，朝他说：“坐吧。”

梁小东耷拉着头，像是第一次见面一样，低声说：“……姐。”

“嗯。”

“姐，你好吗？”

“挺好的。”

“我听章律师说，你在医院里不想见人，也不说话。我很担心你。”

苏琦淡淡地说：“你现在应该担心的是你自己。”

梁小东自嘲着：“我知道自己什么情况，你放心，我已经打听过了，我只需要在这里面一年，如果没有复发的话，就可以出去了。”

末了，他还补了一句：“……和正常人一样生活。”

“你能这样想，就很好。”

梁小东挤着坐下来，就坐在苏琦身边。

“姐，那个骆池城，真的是你男朋友？”

苏琦点了点头，又纠正道：“他叫程池。”

“哈……”梁小东脸上出现了久违的笑容，“姐，我和你说，他简直太帅了。我好崇拜他呀！要是我能早点儿认识他就好了，他真的很厉害，很了不起……”

说到最后，梁小东的声音渐次低下去，默然道：“姐，对不起，我又说错话了。”

苏琦把头发拨到耳后，轻声说："没什么。"

她眨了眨眼睛，长长的眼睫毛好像两只小小的蝴蝶，仿佛随时都会飞走。梁小东有点儿讪讪的："姐，我能抱抱你吗？"

苏琦伸手，让梁小东的脸埋在她肩膀上。

他沉默了许久，又啜泣着说："其实我挺害怕的，真挺害怕的。晚上睡觉的时候，闭上眼睛都是打斗和枪声，我怕他们又来了，怕王嘉楠又逼我做我不喜欢做的事情，怕自己受不了那种诱惑……姐，你懂我的意思吗？"

苏琦哑着声音说："……我懂的。"

"我真的好害怕，怕自己过不好这一年，跨不过这个坎，以后出去了怎么办，我怕死了，真的好害怕。"

梁小东捂着脸哭出声来。

苏琦没有安慰他，只是说："害怕也没什么，害怕是因为你不知道会发生什么，没有人不害怕未知，害怕将来。我也害怕过的……"

在被江逸凌辱的时候、在程池不告而别的时候、在苏零死掉的时候，她是怎么撑过那些暗无天日的日子的？

就连苏琦自己也不知道。

"我十七岁的时候，觉得要是能一辈子做喜欢的事情就好了，那个时候我喜欢调酒，想要做调酒师。后来……"苏琦摇了摇头，"后来的事情太意料不到了，谁也不会知道，以后会发生什么事情。

"十八岁的时候，我连高考都没参加，每天的烦恼不过是今天酒吧里的生意怎么样，我弟弟是不是又惹事了，还有怎么和我后妈掐架。

"那个时候也觉得每天日子都过得惨兮兮的，也想过十年后会怎么样，但绝对想不到会是这个样子。你说害怕吗，也害怕过的，但我也还是这么一路过来了。生活不会因为你软弱或者害怕就饶过你，能帮你的，还是你自己。”

总有意料不到的事情悄然而至，打破所有人生轨迹。但就像候鸟南飞，南风有归期。

最后，苏琦说：“其实，你那天能做那么多，已经很了不起了。”

梁小东眼睛湿湿的，像一只在树林里迷失的鹿。

他说：“姐，你有个弟弟，能给我讲讲他吗？”

“我那个弟弟，十八岁的时候就和人私奔了。二十岁的时候死的，掉落山崖。”

苏琦摇了摇头，顿了顿，才说：“他太叛逆了，脾气硬，怎么也不肯低头。其实他本性不坏，就是被人骗了走岔了路，你千万不要学他。”

有人哗啦一下打开了门：“会客时间到了。”

苏琦起身，和梁小东道别。

记忆中，是梁小东朝她摆手，羞涩地笑：“我在这里很好，姐，你不用担心我。我会努力改造，争取早点儿出去见你。”

[5]

几天后，一个五十多岁左右、穿着警服的老头站在苏琦家门口。

“几年不见了，倒是不太认得了。”老张推了推鼻子上的眼镜，“小姑娘，还认得我吗？我们之前在派出所见过。”

苏琦摇了摇头：“不认识。”

老张满头是汗，打着哈哈说：“只见过一面，你不认识也正常。”

他这么一说，苏琦倒是想起来了，当时程池不见了，她去报案，就是这个人接待的她。

“是这样，我是程池的同事，有件关于他的事情想告诉你。”天气太热，老张拿出一张纸巾擦了擦汗，“你知不知道，他还有个弟弟？”

“不太清楚。”

“我能不能带你去一个地方？”

老张带苏琦去的，是在城郊的一家叫康维的疗养院。

护士巡楼看见了他们，笑着问：“张叔，又过来看程路啊？”

老张显然经常来，轻车熟路地把苏琦带到了一张病床前。

一名五官清秀的少年躺在病床上，闭着眼睡着了。

老张说：“觉不觉得他长得像一个人？”

苏琦盯着他看，只觉得他下巴的轮廓，像极了一个人，但是比那个人更温和一点，没有那么凌厉刚毅。

老张说：“他叫程路，是程池的弟弟。”

“为什么他会躺在这里？不会好了吗？”

“植物人，都这样的。躺在这里十年、二十年，不知道什么时候会醒来。以前程池不能来，托我过来看，久了我就十天半个月地来一次，可是他还是这个样子，不好也不坏。”

“他变成这样，和程池的经历有关？”

“有，也没有。程池很小的时候父母出了车祸死了，程路小时候发烧烧坏了脑子，后来程池一直很后悔自责，觉得他没有把程路看好，才会导致这样的事情发生。他十几岁就在拳馆打拳，一路摸爬滚打，养他弟弟。是我找到的他，觉得他是个好苗子，送他进入警校学习了两年，又……又让他当了刑事特情。”

老张面色苍白，嘴唇抖了抖，才接着说：“他是名优秀的特情，协助我们办了很多案子。然而就在遇到你之后，他找到我，说不想干了，要收手和你在一起。”

苏琦眼里泅出了泪，心里空荡荡的，有风刮过，但里头缺了一角，到现在还是隐隐作痛。

“我们同意了……可是不久后程路就出事了。”

老张看向闭眼安安静静睡着的程路，描绘着当时无比残酷悲惨的一幕。

“有一伙人看上了类似程路这样的智障儿童，利用他们的身体带毒。你不知道他们有多歹毒，智障儿童不懂事，家人看管不牢，对外隐蔽性极强。可是有一个很大的危险性，就是智障儿童对体内毒品的感知性不强，毒品在体内留存的时间过长，一旦包裹的胞衣破裂，很容易会流入身体里，造成一辈子的损害。

“那个团队一共找了十一个儿童，出事的有五个，四个死了，一个伤残。程路就是其中之一。流入他体内的毒品破坏了身体的免疫结构，当时手术一共做了八个小时，下了三张病危通知单，太惨烈了。后来人救回来了，却变成了现在这个半死不活的样子，也许他一辈子都会像现在这样躺在这里了，没有知觉，不会感知事物。

“当年破获这个案子的时候，程池当场就哭了，我认识他那么多年，第一次见他揉眼睛，那么刚强的一个硬汉，愣是因为程路红了眼。这个案子是他办的，到头来发现带毒的人居然是自己的亲弟弟！但是他没有办法挽救程路，眼睁睁看着毒品在他身体里破碎……程池后来和我说，要是能早一点儿破案就好了，要是能再早一点儿破案就好了，那样也许程路就不会变成现在这样人不人鬼不鬼的样子。程路虽然只有七八岁的智商，但是他会哭会笑会闹，能够感知生活的美好，但是现在他什么都做不了，像个活死人一样地活着。”

那种感觉，应该很难受很痛苦吧，亲手破获的案件，却因为太迟了，所以无法挽回毒品对程路的戕害。也许是因为这样，所以程池在看到她的时候，才会感觉惺惺相惜吧，因为她也有一个弟弟，也和弟弟在一起相依为命。他们两个人同病相怜，有着同样的牵绊。所以即便是在完成危险的任务时，在看到苏零有可能涉及那些危险的事情时，程池还是告诫他了，一次又一次让他别碰王嘉楠的烟。

苏琦痛苦地捂着脸，哽咽道："他没告诉我，他一次也没告诉我这些事情……"

"他是为了保护你，而且他本来想着要收手的，哪里想到程路会出事。后来查出来，那批毒品来自庆辉那条线，程池想了一晚上，告诉我，他想回去做完这个案子再走，哪知道……"

老张重重地叹气："他自始至终没有抛弃你，他是为了程路，才不惜抹去自己存在于这个世界的所有痕迹，不惜从你身边消失，潜伏到了傅庆生的公司。我告诉你这些，只是为了不让程池的牺牲白费。你当时来报案，我费尽心思帮他掩饰，我知道他心里不好受。他努力破庆辉的案子，就是为了回来好给你一个交代……本来已经快得手了，后来他去了王嘉楠的别墅里，我就知道要出事了。"

一个大男人，在苏琦面前背着身子抹眼睛。

"唉，也是我的错，如果我不把他带上这条路就好了……"

[6]

苏琦没有去打听程池的消息，但是老张还是告诉她了。

程池的墓地，在很小的山坡上，葬礼很简单，也是老张给他办的。他在的时候孑然一身，去的时候也是空寂一人。

墓碑很小，上面连一张照片都没有，老张说了，像他们这些人，死掉的时候能埋得多不起眼就多不起眼，照片也不能贴，有的时候连名字都不能写，就是为了防止被人报复……有的人连尸骨都会被挖出来鞭笞。

苏琦什么都没带，就那么站在山坡上。山上风很大，吹起她的风衣。

“我来了。”她说。

想了很久，却不知道应该和程池说点儿什么好。他们已经分离得太久了，很久都没有这么开诚布公地谈过心。

“老张来找过我，带我去见了程路。他睡着了，样子和你挺像的，你更要强一点儿，你小时候看起来是不是和他差不多？要照顾他，还要忙着打拳赚钱，你一定过得很辛苦吧？”

程池会有青涩腼腆的时候吗？苏琦不知道，自她认识他的时候，他就是那样一副内敛老成的样子，他的事情她知道得太少了。

“其实程路的事情，你不用自己背负在身上，那不是你一个人的错。有的时候那都是人生的轨迹，都是数不清道不明的命数。”

曾几何时，她也像他一样，把苏零的事情往自己身上揽，觉得通通都是自己的错，拼尽了全力想要把苏零的死因找出来。结果呢？找是找出来了，可是却是眼前这个遍地疮痍的样子。

她什么都改变不了。

“回想起来，我都不知道你这几年是怎么过的。”

这么些年，她不好过，他也不好过。再见面的这几次相逢，都太过仓促，太过剑拔弩张。她还曾对他说过很过分的话。

——“在困难出现的时候，你没有站出来，那就永远不用再出现了。”

现在想起来，心都揪紧了。那个时候他一定很难过吧，难过不能在她身边保护她，也难过她的不理解。其实他一直都没有消失过，他一直在她的身边，在她的无所不在。只不过他不能说出来而已。

可是已经不要紧了，他和她之间，已经无所谓误会、无所谓埋怨、无所谓理不理解。他们之间已经没有必要计较太多了。

她有一个肯为了她而挡子弹的男人，这辈子还有什么不满足的？

苏琦拿出一根烟，似笑非笑地问："喂，你有火吗？"

他没有回答。

"这次我带了。"

她点了一根烟，自己抽了一口，插在土上。

他们以一根烟开始，以一根烟结束。只可惜，到了生命的最后，她都没有办法从他的口中听到一句，我爱你。但是在她回想他的时候，却可以十分自豪地告诉所有的人，她是程池的女人。

她在山上站了很久，把所有想要说的话，都一股脑儿地告诉他，到最后也不知道说什么好了。但是不要紧，他们还有很长的时间可以在一起。

她掏出了风衣口袋里坚硬冰冷的东西，微微笑了笑。

"程池，我来找你了。"

南风又要来了吧，可是她已经等不到了。

她等不及想去见他。

全文完

番外篇

《北国之森2》番外

[1] 江逸番外

他有钱有势，积聚了许多人梦寐以求的财富，又拥有名利地位。她什么都没有，半途辍学，被家里赶出来，还被男朋友遗弃，只不过是一个酒吧里的普通调酒师。

真要较真说起来，苏琦遇到他，不知道是他的不幸，还是她的不幸。

本来是毫无交集的两条平行线，因为一场车祸有了牵绊。

她失去了腹中的孩子，恨他入骨。

他原来以为自己毫发无伤。

直到之后发觉不对劲，到医院诊治，才发现他因车祸下体受到损害，很难有正常的生理反应。

追根究底，是因为那场无端飞来的车祸。

他让人调查她，她的缺口在他面前暴露无遗，童年的伤痛、被遗弃的伤，还有失去孩子后支离破碎的残破身体，她整个人生都是破败的。

但是她依旧像疯长的野草，繁茂旺盛，就是埋在泥地里，踩在脚底下都充满了夺目耀眼的光芒。

他对她产生了奇妙的感觉，懊悔中掺杂着恨意，还有一点儿难以征服的快慰。

她拒绝他的那刻，他因为车祸而有所损伤的下身，突然有了感觉，开始灼热起来。

在那一刻，他发觉她是特别的。

他企图征服她，对他低头，可她依旧如同被放出笼的猛兽，对着谁都可以咬一口。

也许是身体影响心理，他开始变成了另一个人。

他像在商场上追逐猎物般追捕着她。最终从她那个缺心眼的爸爸那里下手，撬开了她厚重的外壳。

他在征服她，在施暴的同时，从她的身上找到了完满。

可她竟然三番五次地想从他身边逃走，最长的一次，她躲了他将近一年多。

他找到她的时候，连带地发现她还藏了一个一岁大的孩子，叫童童。

那个时候童童刚刚会走路，说话奶声奶气的，还冒出了上门牙，一吃东西就喜欢哭鼻子，那个粉雕玉琢的样子，他一见就喜欢，更是不顾她的反对，把童童的名字改成了江童童。

或许打从一开始，他就误认为童童是他的女儿。

他三十多岁才得了这个孩子，宠得跟个宝贝似的。也不知道是不是因为不想深究，还是其他什么原因，他并没有带童童去验 DNA，只是一直把她当成是自己的女儿宠。

却没想到她真的骗了他。

极致的爱变成了极致的恨，他让人把她带来，在她脸上留下了一道疤。

她不知道他心里有多痛。

她离开以后，他流连花丛，身边的女人流水般涌过，他忘记了谁是谁，却永远忘不了，当他手里拿着刀划过她的脸时，她冰冷的眼神。

原来他竟一辈子都忘不了她。

[2] 盛夏番外

她和朋友们分别得太久，又一头扎在丽江，就连苏琦的死讯，还是章律师打电话告诉她的。和章律师的电话没打完，盛夏手里的颜料全洒了，颜色泼墨一样洒在了画布上，新画的画就这么毁了。

章律师说苏琦死在了程池墓前，脸是向着墓碑的方向，表情很平静。

她是知道苏琦的烈性的，只是没想到，苏琦竟然以这样的方式离开了。挂了电话后，她久久不能平静，眼里满是震惊的神色。

那个时候，她正在着手准备自己画廊里的画展，展览一系列绘画作品，其中就包括了她画的那幅《北国之森》。

盛夏匆匆地把店铺交代给格桑，赶那天晚上最后一班飞机回去。

苏琦的葬礼很简单，只有她、肖林奇和章暮飞几个人。只是没想到沈青柏听到消息也赶回来了。

苏琦这一辈子过得很冷清，死了的时候反而热热闹闹，也不知道是不是一种莫大的讽刺。但能够再让她见见老朋友，也不算坏。

章暮飞表现出极大的悲痛和沉默，看得出他很爱苏琦。可惜苏琦并不属意他，而是跟着程池走了。

办完葬礼后，他们一行人一起吃了一顿日料。

盛夏点了几瓶清酒，肖林奇喝得烂醉，沈青柏也喝了点儿酒，章暮飞吃刺身的时候把芥末往死里蘸，一双眼红得像只兔子似的。

平常不怎么交流的几个人，却像是经常见面似的熟络起来。

其实盛夏也想哭，但哭久了眼睛疼，吹了风还会发痒，那是林昼出事之后养成的坏毛病。医生都说，她要是再哭下去，可能眼睛也要坏掉了。

后来她就不怎么哭了，哀莫大于心死，再哭也不能把人给哭回来。

吃完日料后，沈青柏坚持要送盛夏回去，还送她到了家门口。

奇怪的是，人多的时候他们还能互相聊几句，单独在一块儿的时候却失去了语言功能。

她躲在房间里的时候，听见爸妈的长吁短叹。

半夜，她妈妈想了想还是敲了她的房门，叹着气说："其实青柏是个挺好的孩子，要不你也考虑一下……"

她打断说："我明天的飞机，回云南。"

"怎么刚回来，就要走？"

"下个月画廊要开展览，我会很忙。"

其实忙什么忙，那不过是她躲避的借口而已。但她却不能说。

"你爸上个月参加同学会，说是原来四十七个同学，失联的失联，过世的过世，能参加的只剩下三十五个，再过几年，也不知道还有几个。"

妈妈背着她，抹了眼睛："小夏啊，人活在这世上，还是要向前看。你把感情和精力都投入到画画里了，可是工作能陪你一辈子吗？"

"妈，破镜是没有办法重圆的，裂开的东西怎么修补都没有用，都会有遗憾。碎了的东西就是碎掉了，补不齐的。"

"那其他人呢？"

"不会有其他人了。"

妈妈突然猛烈地咳嗽起来："咳咳……"

她只能拍了拍妈妈的背，淡淡地说："妈，你要多注意身体。北京气候不好，你也可以和爸多来云南住些日子。”

有的事情，她就是没办法，她骗不过自己的心。

去机场的时候，她又看见了沈青柏，站在人群里，和她遥遥相看。

她咬牙，拉着箱子走出他的视线。

飞机到了云南，开机的时候跳出一条短信，来自沈青柏。

——小夏，我们再没可能了吗？

她把手机丢到背包里，再不去看。

其实在云南的时候，沈青柏去找过她，在那儿住了十几天，她是知道的。

她不过避开他罢了。

有的时候，人和人的缘分，可以是意外，也可以是人为。

不想看见的时候看见了，是意外；

不想看见的时候，避开了，是人为。

她和沈青柏已经没有缘分了，再见面也不过增加伤感而已。

在感情上，她的这一辈子已经算是过完了。

[3] 肖林奇番外

其实他对苏琦的看法，极其复杂。

他是失手导致她弟弟死亡的人，同时她又在庭上指证他最爱的女人。

谁是谁非没人能说清楚，他们之间也不知道是谁欠了谁，从小认识的好朋友，从不打不相识到最后分道扬镳。直到很多年过去，新的伤痕覆盖了旧的伤痕，他为了苏零和谢依云的女儿赔上一条腿，他心里好过了点儿，大家终于相逢一笑泯恩仇。

谢依云死后，他把热情全部放在了网络游戏里，又开设了游戏公司，混得风生水起，还得了市里“十佳青年”的称号。

盛夏因为情伤躲去了云南，沈青柏更狠直接去了国外搞研究，唐思菀对他们这群人避之唯恐不及，也不知道去了哪里。

苏琦更是一路追踪苏零的死因，到最后追随程池去了。

她一直有一股让人心悸的悲壮。

一群人走的走，散的散，留下来的也不过寥寥几个。

几个人勉强凑了一顿饭局，吃着吃着盛夏就哽咽了，她说是芥末辣的，其实肖林奇知道，她一直把苏琦看成是自己的亲姐姐。

期间，盛夏得知他得了市里“十佳青年”的称号，硬是敬了他一杯清酒，说：“肖林奇，我敬你是条汉子！”

他暗戳戳地喝下那杯酒，心里面翻江倒海地疼。

没想到十年过去了，那么多人里，混得最好的居然是他。可不应该是他的啊，盛夏的画画得那么好，沈青柏更是校内保送的尖子生，可是到最后，怎么变成了他混得最好呢？

想当年他斗鸡走狗，整天在游戏厅里厮混，成绩差得倒数，每天不是念检讨就是被校长批，进校长室的频率比谁都多。

想当年他还连累盛夏跟着他一起被批叫家长，可是现在回想起来，那些事情竟然像是过眼云烟一样缥缈不见，像是隔了很远很远，几个世纪之前的事情一样。

从十七岁到二十七岁，十年间改变了他们这群人太多太多。

十年前，他和谢依云在星巴克里自习，遇到贼兮兮的盛夏，还让他请了一杯星冰乐。

那个时候的谢依云是真好看啊，穿着白色裙子坐在星巴克的高脚凳上，长发飘飘。他偷偷地扭过头看她的侧脸，看她一丝不苟写作业的模样，他握着笔杆的手都忍不住在颤抖。

十年后，他开始掰着手指数着今年是她第几年的忌日。

十年前，他连累盛夏陪他打架，她还把瓶子敲碎了，不小心划伤了脸。在知道沈青柏为他们打的那场轰轰烈烈的架放弃了保送的时候，他觉得自己可以放心地把盛夏交给他。

十年后，就连街上路人的关系都比他们两个人的关系强。

十年前，他和他的那些兄弟朋友在学校门口的烧烤摊开几打啤酒，大喊着今天晚上不醉不归，干杯的时候豪气云干，梦想着未来要怎么指点江山，一喝就是一通宵。

十年后，他游走于各个乙方之间，穿梭在各个高级酒店和会场，和商务伙伴虚与委蛇，而后晃晃荡荡回到家里，倚着沙发睁着眼睛吐到天亮。

十年前，他是学校里的一名运动健将，在校运会里经常得奖，跑步的时候像风一样飞翔。

十年后，他拖着残缺的身体，就连上台领奖也得坐着轮椅被人推着，他再也没有办法像原来一样自如地奔跑。

十年了，原来时光一直在欺骗他们，时光夺走和改变了他们的很多东西。他们这群人，拥有的全是侥幸，失去的全是人生。

想起之前的事情，他端起酒杯一杯接一杯地喝，眼里湿润一片。

他说："小夏，小夏，我想唱首歌。"

盛夏说："肖林奇，现在是在日料店里，不是KTV。"

他喝醉了酒，不管不顾地大声唱。

如果那两个字没有颤抖，

我不会发现我难受。

成千上万个门口，

总有一个人要先走。

十年之后，

我们是朋友，还可以问候，

只是那种温柔，

再也找不到拥抱的理由，

情人最后难免沦为朋友。

直到和你做了多年朋友，

才明白我的眼泪，

不是为你而流，

也为别人而流……

梦醒之前如何，醒来以后又如何，他通通不关心，只是仿佛在梦里见到了苏琦。

梦里他们都还是高中时候的样子，他搂着一个不知名的妹子对盛夏说：“小夏，快过来，哥哥给你介绍一个！”

谁知道盛夏还没来得及和他旁边的小妹妹打招呼，就听见身后的苏琦像是河东狮吼般大声咆哮：“肖林奇，你给我站住！”

《北国之森》番外：

从很久很久以前，到很久很久以后

[1]

在模特儿这条路上，林昼觉得自己走得挺惊心动魄的。

从小学习国画、素描，师承国画大师赵秉添，学了六年后又在美术学院深造，之后破格到国外留学，进修了几年油画。教授 Amanda 甚至拍着胸口说，林昼是他教过的所有学生中，未来十年在油画方面造诣最高的学生。

如果没有那场变数，再过几年，他大概会变成所有华裔学生里头最年轻的画家。

而那场变数改变了他的一生。

那天，他打算参观一场画展，没想到途中下了一场雨，他在一个场馆外避雨，恰好遇见了一名西班牙同学 Amiogo。

Amiogo 有着西班牙人的热情，皮肤晒成了最流行的小麦色。

他笑得一脸灿烂，操着有口音的英语对林昼说："外面雨太大，进来看场 show 吧，保准你会爱上它。"

外面下着瓢泼大雨，里头光线昏暗，林昼甚至不太记得同个学校的 Amiogo 修的什么专业，就那么误打误撞地进去了。

那是一场国外时装秀，参加的都是一些在时装设计上的新起之秀。

林昼进去的时候时装秀已经进行到一半，没想到还是座无虚席。Amiogo 就坐在他身边，激动得眉飞色舞，眼里芒星点点："难得能见到设计师 Summer 的新作品！昼，你今天的运气实在是太好了！"

林昼手里拿着宣传折页看了看，百无聊赖地看着台上像空无灵魂一样行走着的模特儿。

大概因为艺术都是相通的，他很容易地从模特儿身上的时装联想到自己的绘画上，每个点线面的结合，每种布料的糅合，都在他脑海里快速地运转起来。

线条、轮廓、圆形、三角形、不规则图形……

纽扣、铆钉和不同布料的结合……

他突然琢磨出了一点儿意思。

就在灯光流转间，有主持人介绍着："接下来压轴的，是设计师 Summer 所设计的寒冬系列的新作品！"

流光溢彩的灯光里，有一名模特儿从黑暗里走向明亮的舞台。

那模特儿依旧是死鱼眼，面无表情，走动的时候还有一点儿小傲娇，但这丝毫不影响他对于身上那套衣服的表现扩张力。

随着模特儿步伐加快，坐台上出现了啧啧惊叹声。

因为那套衣服实在是太让人出乎意料了，色彩和布料的运用抢眼。衣服线条十分柔和，设计师大胆地采用了中国风的黑色丝绸，在黑色丝绸之外，是钢筋箍起来的层峦叠嶂的山峰。不仅如此，设计师在山峰上叠加了宣纸，上面点缀着手绘的星空。

刚与柔，力与美，都强烈地冲击着每个人。

黑色丝绸在灯光下，又现出了它内里的暗纹，里面有流光溢彩的颜色，像极光，像无穷宇宙，像寒冬临近之前的天空。

一件衣服，却可以有各种变化，它有画面感、有冲击力和张力，还有它独特的内涵和灵魂。

Amiogo 小激动了一把："昼，中国风，中国风！"

但林昼看到的和 Amiogo 看的不一样，他突然觉得这件光怪陆离的衣服应该是有灵魂的，带有深沉的感情的。设计师在画它的时候，投入了很深的感情。

这衣服让他忽而想到了几年前去西藏，在 8000 多米的山上看夜空，星星很明亮，天空很近，人在浩荡宇宙中，仿佛手可摘星辰。

有的人画了一辈子画，却只能模仿别人的作品，一辈子做绘画工匠。但有的人拥有独一无二的天赋，画什么都能化腐朽为神奇。

这时装居然让人感觉到了震撼。

林昼顿了顿，问 Amiogo："设计师 Summer 是谁？你认识吗？"

Amiogo 脸都红了："昼，这该问你！ Summer 是华人设计师！"

[2]

第二学期，林昼稀里糊涂地选修了时装设计这门课。

可是学习成绩优异的他，却在时装设计这门课上惨遭滑铁卢，成绩简直惨不忍睹。

林昼不信邪，带着自己的作品去找教授，教授看着他设计的衣服若有所思地说："昼，你的画画得很好，可惜的是，或许你没有时装设计这方面的天赋……"

平时在绘画这门课上顺风顺水的林昼，第一次跌得这么惨痛。更让人绝望的是，所有教授几乎都对 Summer 的作品称赞有加。

他疯了一样描摹 Summer 的寒冬系列，Summer 画的每一寸每一丈，都在他心里过了一遍，就像是西藏的僧人一步一步在朝圣的过程。

学期结束，林昼和几个同学参加时装设计秀。没想到中途却出了岔子，有个模特儿吃错了东西，压根儿上不了台。

设计师急坏了，向着台下那么一瞅，在看到林昼的时候突然眼前一亮。过了一会儿，那名设计师居然找上门来。

林昼天生就有着模特儿般的衣架子，设计师的要求很简单，就是请他帮忙上台走一圈。

没想到这一圈走下来，林昼英挺的身材和新鲜的中国面孔引起了强烈震撼，第二天他走秀的照片甚至登上时装网站头版。

时装秀邀请函像雪花一样飞来，其中不乏大秀场和一些知名设计师的作品。仿佛一夜之间，林昼跃升成为整个巴黎最炙手可热的时装模特。

而这一切，不过是因为他穿了一件时装走了一次过场……

有的时候，林昼觉得命运一次又一次在和他开玩笑。

林昼从没想过在模特儿这条路上发展，偶尔推脱不过，露脸参加了几场秀，这做法反而使他赢得了大量赞誉。

“贵精不贵多”这句话在他身上得到了浓墨重彩的体现。不过半年，林昼已经在时装秀场上小有名气。

经过不断地探索和名师指导，林昼在台上的表现也更加自如。

他接触了更多大师级的作品，却始终忘不了第一次看到 Summer 作品时的震撼和惊艳。

但这么久了，Summer 也不过成为他在时装设计上的一枚图标、一个符号和一位天赋者的代名词，和他再没有什么交集。

大四那年，陆曼芝给他打了一个越洋电话，大意是说她闲暇无事，开了一家服装设计公司，总部在上海，问他毕业后有没有回国的打算，如果有的话，可以到她那儿撑撑场面。

林昼想着陆曼芝大概是恰好看到他走秀的照片了，才会想起他来的。

他这个表姐年轻的时候也学过画画，得了一些鸡毛蒜皮的奖，后来结婚了反而无所事事了。

林昼翻着一本绘画图册，有一搭没一搭地说："表姐，你也知道模特儿这块，我一直是玩票性质……经验也不够多……"

"那不就可惜了。"陆曼芝在电话那头的声音有点儿略微的失真，她十分惋惜地说，"亏我还刚挖了一个顶级设计师过来呢，你绝对想不到会是谁。"

"哪个设计师？"林昼破天荒地问了一句。

陆曼芝随口说了一句："Summer 啊。"

只一瞬间，林昼拿着电话的手微微有点儿颤抖。

他突然想起了 Amiogo 问他的一句话。

他说："昼，你有梦想吗？"

林昼搜肠刮肚地想了很久，摇了摇头："大概是背个画架，再开辆车子，漫无边际地走，走到哪儿玩到哪儿。你呢？"

Amiogo 说："要是这辈子能让 Summer 帮我设计一套衣服，我就心满意足了。"

"为什么？"

"能让世界上首屈一指的设计师替你设计作品，那肯定是我这辈子毕生的荣耀了。"

[3]

不到一天的工夫，林昼已经买了回国的机票。

他迫切想要见到心目中的朝圣者，想见见传说中的设计师Summer到底是什么样子的人。

他极少看Summer的专访和采访，只是见过Summer画的时装设计作品，却从没有去深入地了解过这个人。

他一直觉得，从一个人的作品上，可以看到一个人的灵魂。所以他摒弃和回避了所有Summer的采访，更加直观地面对Summer的作品。

在飞机上的时候，他一直在描绘自己见到心目中设计大师的场面。

林昼想了很多很多，他甚至在飞机上睡着了，梦里的Summer是个三十多岁的男人，留着两撇小胡子，有点儿高人仙风道骨的模样，不太高，略带一点儿小清高……

经过长时间的旅途，林昼乘坐的飞机降落在祖国辽阔的土地上。

他还有着时差没倒过来，倒先跑到陆曼芝开的MNG公司去了。

陆曼芝还没到公司，Summer也不在，秘书接待了林昼。

他坐在陆曼芝的办公室里哈欠连天，差点儿睡着的时候一不小心翻到了一本时装杂志。

标题是Summer获得国外大奖接受专访的消息。

封面上一个小姑娘搂着比她高一个半头的模特儿在向台下的人招手。

林昼傻眼了。

就一个这样的人，能画出那样不朽的作品？

林昼就在这等候的时间里，浏览完了设计师Summer所有的采访和生平履历。

他怎么也想不到设计师Summer不过是一个刚毕业不久的年轻小姑娘，看起来甚至比他还要青涩，脸上似乎还带着清澈纯粹的笑。但不知道为什么，那抹笑里，却像是蒙了一层雾色的尘埃，看起来像是掩盖着巨大的伤痛。

林昼有点儿想笑，他为什么会一直把Summer错认为是男人？还会觉得是个带有小胡子的中年男人？后来林昼想，那大概是因为……

不识庐山真面目，只缘身在此山中。

[4]

陆曼芝一直没赶到公司。

接完陆曼芝电话后，秘书哆哆嗦嗦给了林昼一串钥匙，告诉他那儿是陆曼芝的一处私人公寓，如果太劳累可以先过去那里休息。

林昼风尘仆仆地赶到公寓，躺在柔软的床上时，闭着眼睛却又睡不着觉了。

他突然发现，他离Summer已经这么近了，仿佛触手可及。

他第一次这么迫不及待地想要见到一个人。

后来实在睡不着，他干脆鲤鱼打挺，匆匆拿了一条毛巾去了浴室。也不知道洗了有多久，突然听见浴室门"咔"地被人拧开的声音。

还没来得及反应，一个女孩子一边大声喊，一边把手里能抓到的梳子、牙膏、肥皂甚至肥皂盒纷纷向他扔了过来。

他只扫了她一眼，就知道她是谁了。可她还在不依不饶地喊："你是什么人，你在这里干什么？死变态！"

他以迅雷不及掩耳之势抓起毛巾，大步流星走了过去，右手扣住了她的手，捂着她的嘴巴低头说："嘘，别叫了。"

她居然狠狠地咬住了他的手，然后夺门而出。

林昼只能紧追不放，从浴室追到了卧室，她又把枕头和衣服、鞋子什么的疯狂地扔了过去。

“你想干什么？别过来啊，我有防狼喷雾！”

这就是他和盛夏的第一次相遇，充斥着尴尬、误会和淡淡的桃粉色，简直就是他这一辈子的黑历史，可以载入史册的那种。

后来他费了很大的劲儿才让她相信他是陆曼芝的表弟，暂时住在这公寓里。

公寓有两层，他们一个住楼上，一个住楼下，倒也相安无事、和平共处。

只是没想到，当他向陆曼芝提出要盛夏替他设计时装的时候，却遭到了陆曼芝的强烈反对。

“为什么不可以？”他问。

陆曼芝的眼神游移，终于向他说出真相。

那个时候林昼才知道，原来设计师 Summer 许久不设计男装的原因，竟然是因为……她再也画不出来了。

他嗤之以鼻，原来再有才华的设计师，也会有江郎才尽的一天。

陆曼芝顿了顿，说：“盛夏是没可能了，她现在只会画女装。总而言之，在米兰展会之前，我会另外给你安排其他设计师。”

林昼却死心眼地说：“不，我是为了寒冬系列来的，我只想要 Summer 的作品。”

“能告诉我，为什么你选择了 Summer 吗？”

“我是国际顶级模特儿，即便我能挑选任何设计师的作品，但我只穿我认可的作品。”

陆曼芝说："当时知道你在做模特儿的时候，我还当你是玩票性质。现在我觉得，你是天生就该吃这碗饭的人。"

"我一看到寒冬系列就很喜欢，一直在想，到底是谁，到底是哪双手，能够设计出这样有灵魂的作品？千里马常有，而伯乐不常有。模特儿是千里马，而能够设计出不朽作品的设计师，屈指可数。所以这一次，我要自己挑选我的伯乐。"

"有的人一辈子过得庸庸碌碌、平平凡凡，但是你不同，你知道自己想要什么，并且无畏无惧地去追逐这个梦想。你看似活得无拘无束、自由不羁，但其实你过得比谁都要清醒。"

他的决绝让陆曼芝有些惊讶，但陆曼芝答应为他说服 Summer，让她再次设计男装。

第二天，陆曼芝就向公司宣布，林昼将进入 MNG 设计部，和盛夏一组。

只是没想到，第一个提出质疑的人，居然会是盛夏。

他在办公室外，听见了陆曼芝和盛夏的争执。

他才发现，想让她亲手设计男装，是他的梦想，而征服米兰展会，是她的梦想。

[5]

最终陆曼芝说服了盛夏，她却要求先放一个月的长假，美其名曰寻找灵感。

林昼打电话给航空公司，花了点儿小手段，打听到盛夏要去的地方是丽江。他鬼使神差地跟去了，却在那里看见她支着画架给游客画肖像画。

他在她强装云淡风轻的表面，看出她支离破碎的心。那种感觉像是什么呢？就像武林世界里，自断双手的高手一样，把一身的武学给废了。

她在逃避，她一直都在逃避。

他在她对面也支起画架给游客画画，无可否认，他的生意比她的好多了。

也不知道她在气什么，为了躲避他居然还在走楼梯的时候扭到了脚。

他再没见过比她更没心没肺的人了。

很久以后，他还记得她气鼓鼓的样子，瞪圆了眼睛对他说："我说林昼，你是不是和我有仇，还是J & L派你过来探听消息，混淆视听的？我拜托你了，能不能离我远点儿呢？"

他们爆发了激烈的争执，尽管如此，他还是给她带了云南白药，没有敲她的门，只是静悄悄地放在门边。

晚上，他独自在客栈里画画，翻来覆去的却全是她的脸，沮丧的、生气的、挑眉的，还有对着他不可一世地发脾气的……

他起来抓着画笔在客栈的中庭画画，描绘的却全是她的轮廓。他对自己生气，气急败坏地把所有轮廓都用泼墨涂成大片大片的色块，连他自己都不知道为什么要发这么大脾气。

过了一会儿，她居然猫着腰过来了，撇撇嘴说："想不到……你也会画画。"

她蹑手蹑脚又小心翼翼的样子实在太可笑，在那一瞬间，他发的脾气莫名地烟消云散了。

他好像在这个时候，突然对某件事情开了窍。

他搁了画笔，挑眉："怎么，你原来觉得我是个草包？"

"林昼，你为什么要跟过来？"

“我表姐没告诉你，我是为寒冬系列而来的？”

他把她逼到墙角，逼迫她说出真话。她避无可避，颤抖着声音说：“你看到的是，设计师Summer在路边给游人画肖像画的样子。很抱歉，让你失望了，设计师 Summer 早就已经死掉了，她的这双手，老早就画不出男装了。”

他决绝地告诉她：“如果你画不出来，我会头也不回地走掉。但是你记住，你这一辈子，都欠我一套男装设计图。”

一夜无眠，只因为她实在是太让他失望了。

第二天天不亮，他起床租了一辆车，往雪山上开。

他在一间卖早餐的小摊前停下，点几个煎饼，喝一碗酥油茶。老板家的小女儿才十四五岁大，扎着两只羊角辫，脸上红扑扑的，坐在台阶前扎花环，不经意听见人说什么笑话，就笑得咯咯响。

他走过去，对着羊角辫说：“我能买下你的花环吗？”

小女孩笑着把花环递给他：“大哥哥，不用钱，把它送给你心爱的人吧。”

小女孩说，这花环是用格桑花编的，玉龙雪山过了白沙转盘再往上一点儿路边就会有一大片的格桑花海。

小女孩还说，她就叫格桑，这个名字是美好时光和幸福的意思。

他把花放在车后面，小女孩向他招手：“大哥哥，一定要带你心爱的人去看格桑花，一定会幸福的哦。”

他的脑海里顿时浮现了某个人的脸。

他低头，讷讷地笑：“……也不知道有没有机会了。”

小女孩单纯地问：“为什么啊？是不是她穿得太少？”

她又随手指着一个方向：“这里卖的衣服太贵啦，山上那儿有租衣服的地方。”

他启动车子，一路开车开到山脚下，看见那白茫茫的一片，突然发觉没有人一起看的风景，居然无比的寂静落寞。

他把车开回去，转了好几圈，看见她背着画架在街上游荡。

他拉着她去滑雪，没想到中途发生了事故，她高原反应太强烈，晕倒在几千米海拔的雪山上。

他抱着她，呼喊她的名字，她闭着眼，脸色惨白。

他才发现自己还没得到她之前，已经在害怕失去她。

他爱上了她。

他抱着她，在雪地里深一脚浅一脚地走着，他想到了很多很多事情。他想，如果她醒了，他一定不再强迫她给他设计时装。

在刚刚看到她的那刻，他就在想，什么开着车背着画架随处玩的梦想都不重要，他最想要的，是和她在这儿，开家画廊，一起画画。

没想到事情峰回路转，在鬼门关走了一圈又回来，盛夏把自己关在房间里三天三夜，疯狂地画。

后来其中的作品就成为林昼身上穿着的成衣。

他穿着她的设计走在米兰展会的 T 台上。

很久很久以后，林昼还能想起他和盛夏站在米兰展会上，向众人致谢的场景。

在灯火璀璨的 T 台上，底下的人全都站起来鼓掌，盛夏鞠躬了再鞠躬，抑制不住激动的情绪说：“我曾经以为我再也画不出男装了，从鬼门关上走了一圈回来之后，我又重新活了一次。在我濒临死亡的那一刻，我突然明白，上天可以随时把我们的生命夺走，把我们的生活悉数改变，可即便这样，有些回忆和有些人，却是怎么都夺不走的。那些年轻鲜活的回忆、那些曾经的我们，烙刻在生命中，成为最鲜活的颜色，作为最白昼最永恒的光芒存在着。”

呵，她说他是她的白昼。

当时他是这么说的：“设计师 Summer 是我接触过的、为数不多的有天赋的设计师，让我深信不疑的是，她的双手一定是被施过魔法的手，她的作品让我充满了敬佩和热爱。”

能让你心目中最欣赏的设计师给你设计时装是种什么感受？在那一刻，林昼觉得自己的生命完满了。

在遇到她之前，他的生命画纸里全是空白。

在遇到她之后，才终于染上了绚烂的颜色。

[6]

多年以后，盛夏在丽江开画廊，请了一个名叫格桑的小姑娘看店。

店里的生活很单调，也很平凡。盛夏开了一个微博小号，名字很简单，Summer666。加数字后缀是微博提示她 Summer 这个名字被人用了。她随便一点就用了这个名字。

微博的内容很简单，有时是她随手画的涂鸦，或者客栈角落里刚开的一朵小花，或者回画廊途中见到的一条傻兮兮的小白狗。

即便她发微博的内容很随性，时间很随性，但来往丽江的游客已经因着“画廊老板娘”这个标签把她人肉了个遍。有一天一个青年旅客发现了她的微博马甲，在网上传开后，她的粉丝从五千几直向上蹿，从五位数直逼六位数。

微博里每天私信无数，打听爱好的、询问旅游路线的，还有谈论生活抱负的……而盛夏从不打理，偶尔刷一下也不过是看看别人的生活。

有一天她在微博上看到一个游客妹子发的一条新微博。

“我要回到七年前了，有什么话要我带去的吗？”

那个时候盛夏坐在某家客栈门口喝焦糖玛奇朵，咖啡的苦涩和泡沫的清甜渐渐涌上舌尖，味道有苦有甜。头顶上的花棚错落有致，开着微小的黄色的小花。

一切都是那么静谧而美好。

她托腮想着，突然发现那一天，居然是她和林昼参加米兰展会的日子。

那个时候的她，激动得泪洒 T 台。林昼抱着她，他们互相拥抱了很久很久。

林昼在她耳边说：“恭喜你，梦想达成。”

她问林昼：“你的梦想呢？”

那时他说：“我已经把它穿在了我的身上，因为我的梦想，就是你啊。”

盛夏想着想着，想到热泪盈眶。

过了一会儿，她在微博上敲击出了那么一句话。

——亲爱的，如果你回到七年前，请帮我给一个叫盛夏的人带一句话。如果她遇到一个为了她的设计而来的模特儿，请用力抱紧他。因为她会爱他很久很久。

后记

致我的小仙女们

从写《北国之森》到《北国之森2南风不至》，我一直在想一个问题，那就是过完了所谓的青春之后，我们还会面临着什么。

毕业后，生活发生的改变不仅仅是表面上看见的，和家人关系的微妙变化，和朋友也会因为时间空间的变化而渐渐疏离，还有感情受到时地人事改变的强烈冲击，与此同时，工作事业还是一个崭新的阶段，需要慢慢解锁……

青春的终结，同时也是一个新的起点，人生的大幕才徐徐展开。

最终我发现，原来最残酷的不是青春本身，而是青春之后，那些我们所看不见的，大片大片的空白。那些梁小东畏惧的、苏琦害怕的，我们所不知道的未知。

面对工作的未知，面对感情的未知，面对翻天覆地改变的未知。

这些都要我们一一地去经历。

盛夏这群人，有人说他们过得太狗血了，什么事情都发生在他们的身上。可是青春的本身，本来就有着无限的可能。

这是最好的时候，也是最坏的时候，可以发生任何事，也可以毁灭任何可能。

这就是青春呀。

写到故事的最末，我发现他们真实地浮现在我的眼前，盛夏的倔强顽强、苏琦的刚烈直爽、程池的深沉老成、苏零的放荡不羁……他们不仅浮现在纸面上，还有可能是我们身边的他与她。

经历了青春，才会去缅怀青春。

只有知道失去，才会更珍惜将来。

感谢一直陪伴着我的你们，无论秋夏，无论春冬，时光不老，我依旧在。

顾苏

2017 年 6 月于广东